Bianca

EL PLACER DE TENERTE
CHANTELLE SHAW

Editado por Harlequin Ibérica.
Una división de HarperCollins Ibérica, S.A.
Núñez de Balboa, 56
28001 Madrid

© 2018 Chantelle Shaw
© 2018 Harlequin Ibérica, una división de HarperCollins Ibérica, S.A.
El placer de tenerte, n.º 2642 - 22.8.18
Título original: Hired for Romano's Pleasure
Publicada originalmente por Mills & Boon®, Ltd., Londres.

I.S.B.N.: 978-84-9188-365-4
Depósito legal: M-19489-2018
Impresión en CPI (Barcelona)
Fecha impresión para Argentina: 18.2.19
Distribuidor exclusivo para España: LOGISTA
Distribuidor para México: Distibuidora Intermex, S.A. de C.V.
Distribuidores para Argentina: Interior, DGP, S.A. Alvarado 2118.
Cap. Fed./Buenos Aires y Gran Buenos Aires, VACCARO HNOS.

Capítulo 1

NO ENTIENDO por qué has invitado a la hija de tu exesposa a tu fiesta de cumpleaños.

Torre Romano no ocultó su enfado al dejar de mirar por la ventana del despacho de Villa Romano y volverse hacia su padre. Unos segundos antes disfrutaba de la magnífica vista de la costa de Amalfi, aunque, en su opinión, las vistas de su casa de Ravello eran mejores.

Pero el anuncio de su padre había reavivado los complicados sentimientos que Orla Brogan despertaba en él. Todavía.

–He invitado a mi hijastro –observó Giuseppe–. ¿Por qué no iba a invitar a mi hijastra?

–Lo de Jules es distinto. Vino a vivir aquí con su madre cuando era un niño y tú eres el único padre que ha conocido. Pero apenas me acuerdo de Orla –afirmó Torre apartando la vista de su padre, frustrado porque no era verdad–. Solo la vi hace ocho años, cuando te casaste con su madre, matrimonio que solo duró unos años. Sé que Orla venía aquí a visitar a Kimberly, pero yo no debía de estar, porque no volví a verla.

La imagen de Orla debajo de él apareció en su mente, con su pelirrojo cabello extendido sobre la almohada. Por increíble que pareciera, se excitó. ¿Cómo podía seguirle afectando, después de tantos años, alguien con quien había pasado una sola noche?

Lo cierto era que Orla era la única mujer que le había hecho perder el control. Ocho años antes, una sola mirada había bastado para que desapareciera la promesa que se había hecho de no dejarse guiar, como su padre, por la lujuria.

—Orla no ha vuelto por aquí desde que, hace cuatro años, su madre me abandonara y contratara a un abogado especializado en divorcios —comentó Giuseppe, compungido—. Sin embargo, sigo teniéndole afecto, por lo que me alegra que mis dos hijastros vengan a celebrar conmigo mis setenta años. No sé si Jules aprovechará la ocasión para anunciarnos algo.

—¿El qué?

—Que piensa casarse con Orla. No pongas esa cara de sorpresa. Estoy seguro de que te había dicho que Jules la ve desde que se trasladó a Londres a trabajar en la sucursal de ARC, hace unos meses. Se ha dado cuenta de que siente por ella algo más que amistad. Puede que sea significativo que Orla haya aceptado mi invitación y venga con él. Me encantaría que mis dos hijastros de mis dos último matrimonios se casaran. Pero lo que más me gustaría, Torre, es que tú eligieras esposa y me dieras un heredero.

Torre reprimió su impaciencia y se dirigió a la puerta. No quería discutir con su padre por seguir soltero a los treinta y cuatro años. Pensaba continuar así muchos años. Pero entendía que, debido a un susto reciente relacionado con su salud, Giuseppe se hubiera puesto a pensar en el futuro de la empresa de construcción familiar Afonso Romano Construzione, conocida como ARC.

Sabía que su padre estaba deseando tener un heredero, por lo que suponía que, un día, tendría que cumplir con su deber y casarse con una mujer que compartiera sus intereses y valores. Pero, a diferencia de su padre, no iba a dejarse llevar por el corazón ni las hormonas.

Torre quería a su padre y admiraba su vista para los negocios, que había convertido ARC en la empresa constructora más importante de Italia. Pero la vida personal de Giuseppe era menos admirable. Había sido infiel de forma habitual a su segunda esposa, Sandrine, madre de Jules, y su incapacidad para resistirse a las innumerables jóvenes atraídas pos su riqueza lo había convertido en objeto de mofa en la prensa.

Ocho años antes, el interés de los paparazi por la vida privada de Giuseppe se había disparado al enamorarse de Kimberly Connaught, una antigua modelo. A los pocos meses de conocerla, Giuseppe se divorció de Sandrine y se casó con ella.

Ni siquiera Torre fue invitado a la boda secreta de su padre, y había conocido a su madrastra en la fiesta que Giuseppe dio para celebrar la boda.

Torre se dio cuenta inmediatamente de que Kimberly era una cazafortunas y no entendía que su padre fuera tan estúpido. Pero, en aquella fiesta, conoció a una pelirroja angelical, y su creencia de ser mejor que su padre se derrumbó.

—Me sorprende que te alegre la posibilidad de que Jules y Orla se casen —dijo a Giuseppe—. Hace un mes, cuando estuve en Inglaterra, la prensa hablaba de la posibilidad de que ella hubiera llegado a un acuerdo de divorcio millonario con su exesposo, al que había tardado un año en dejar. Se diría que Orla ha heredado la tendencia de su madre a casarse con hombres ricos para divorciarse de ellos –comentó Torre con sarcasmo–. Si Jules está en su punto de mira, que Dios lo ayude.

–No me creo todo lo que publican los periódicos y, desde luego, no creo que a Orla le interese el dinero de Jules. Me he dado cuenta de que la tienes en muy mal concepto, a pesar de que dices que no la recuerdas. ¿Ocurrió algo entre vosotros hace años? Recuerdo que Orla volvió precipitadamente a Inglaterra al día siguiente de la fiesta diciendo que el curso universitario comenzaba.

–Por supuesto que no ocurrió nada –dijo Torre riéndose al tiempo que evitaba mirar a su padre. Era frustrante no haber podido borrar su recuerdo por completo. Otras mujeres entraban en su vida y salían de ella sin afectarlo, por lo que no entendía la inquietud que se había apoderado de él al saber que Orla iría a Amalfi.

–Solo me preocupa que Jules no haga el ridículo. Ya sabes que es un soñador –dijo en tono despreocupado antes de salir del despacho.

¡Maldita fuera la pelirroja hechicera que lo había embrujado ocho años antes! Menos mal que había recuperado el sentido a la mañana siguiente. De momento, ya tenía bastante con que su padre hubiera decidido jubilarse y le hubiera nombrado presidente y consejero delegado de la empresa.

Y Torre estaba dispuesto a hacerlo tan bien como su padre y su abuelo.

Su pasión por la Ingeniería lo había llevado, después de haber acabado la carrera, a visitar los proyectos de construcción de ARC en todo el mundo. Le gustaba el trabajo y la libertad que le proporcionaba y no le hacían gracia las restricciones que conllevaría inevitablemente la dirección de la empresa.

Además, tenía que reconocer que estaba un poco nervioso ante la perspectiva de suceder a su padre. Lo único que le faltaba era ver a Orla de nuevo y recordar el vergonzoso error que había cometido ocho años antes.

Si su hermanastro se había enamorado de Orla, le deseaba suerte. Pero, inexplicablemente, seguía de mal humor y sintió la urgente necesidad de salir. Mascullo una maldición antes de agarrar las llaves del coche de la mesa del vestíbulo y dirigirse al vehículo, aparcado frente a la casa.

Había poco tráfico en la carretera de la costa entre Sorrento y Salerno, famosa por sus cerradas curvas. Orla estaba contenta de que Jules se hubiera ofrecido a conducir porque así podía ir disfrutando de la vista espectacular de las aguas color turquesa del mar Tirreno.

Pero la tranquilidad se vio repentinamente interrumpida por el rugido de un coche que se les acercaba. Orla miró hacia atrás y vio un deportivo de color rojo que se aproximaba al coche que habían alquilado en el aeropuerto de Nápoles y que los acabó adelantando en una curva. Orla contuvo la respiración creyendo que acabaría cayendo por el acantilado, pero, en cuestión de segundos, el deportivo desapareció en la distancia.

—Ahí va mi hermanastro en su nuevo juguete —murmuró Jules—. Se dice que es el coche más rápido y caro del mundo. Las dos pasiones de Torre son los coches y las mujeres.

A Orla se le encogió el estómago al oír aquel nombre. No le había dado tiempo a reconocer al conductor. Estuvo a punto de decir a Jules que diera media vuelta y la llevara de nuevo al aeropuerto o a cualquier otro sitio, lejos del hombre que llevaba ocho años persiguiéndola en sueños.

«Ya basta», se dijo. Había consentido que el estúpido error que había cometido al pasar una noche con Torre llevara acosándola mucho tiempo. Pero tenía veintiséis años y ya no era la ingenua muchacha de dieciocho años que se había vestido a toda prisa y había huido de la habitación mientras él se burlaba diciéndole que era una cazafortunas como su madre.

En los años siguientes, había sobrevivido a un esposo maltratador, así que sobreviviría si volvía a ver a Torres, ya que se daría cuenta de que lo que había sentido por él ocho años antes había sido el capricho de una adolescente.

Diez minutos después, al entrar por la verja de Villa Romano, el deportivo rojo ya estaba allí, pero no había señal alguna del conductor. Jules aparcó y, al abrir la puerta, Orla sintió el intenso calor exterior. Agarró la pamela que estaba en el asiento trasero, ya que sabía que se quemaría o que le saldrían pecas si le daba el sol en el rostro. La blancura de su piel y el cabello pelirrojo eran herencia de la familia irlandesa de su padre.

Se recogió el cabello y se puso la pamela. En su primera visita a la costa de Amalfi, un mes antes de cumplir diecinueve años, Orla se había enamorado del paisaje y de la intensidad de los colores: el rosa de la buganvilla, el verde oscuro de los cipreses y el azul del mar que rodeaba el acantilado en que Villa Romano se había erigido dos siglos antes.

Había ido allí por primera vez cuando su madre se convirtió en la tercera esposa de Giuseppe Romano, el multimillonario que poseía la mayor empresa constructora de Italia. Pero el matrimonio, como casi todos los de Kimberly, no había durado, por lo que Orla no había vuelto a Villa Romano desde que su madre regresó a Londres a gastarse el dinero que había conseguido con el divorcio.

Al recibir la invitación al cumpleaños de Giuseppe pensó en poner una excusa para no ir. Pero sentía cariño por su padrastro, que siempre la había recibido muy bien cuando había ido de visita y con el que había mantenido el contacto después del divorcio.

Cuando Jules le propuso que fuera a Amalfi con él, Orla decidió que había llegado el momento de enfrentarse a sus temores, que debía volver a ver a Torre para poder superarlos y seguir con su vida.

Un empleado de la casa salió a saludarlos. Jules fue a hablar con él mientras Orla contemplaba los hermosos jardines.

—Parece que hay cierta confusión sobre las habitaciones que nos han asignado —le dijo Jules al volver a su lado—. Han llegado inesperadamente unos parientes lejanos de Giuseppe, por lo que Mario no está seguro de adónde llevar nuestro equipaje. Voy a hablar con el ama de llaves para ver qué pasa.

–Voy enseguida. Quiero estirar las piernas.

–Muy bien, pero ve por la sombra. No estás acostumbrada al sol italiano, *chérie*.

Orla sonrió mientras observaba a Jules dirigirse a la casa. Era francés de nacimiento y siempre se había mostrado encantador con ella cuando iba a Villa Romano, a pesar de que Kimberly había sido el motivo de que Giuseppe se divorciara de su madre.

Jules había seguido teniendo buenas relaciones con su padrastro, que, seis meses antes, le había ofrecido el puesto de contable en la sucursal inglesa de ARC. Orla vivía en un apartamento no lejos de las oficinas de la empresa, después de haberse visto obligada a vender el lujoso piso de su madre para pagar las deudas de Kimberly.

Jules y ella cenaban juntos una o dos veces por semana y se habían hecho buenos amigos mientras ella lidiaba con los graves problemas de salud de su madre.

Al mismo tiempo, la prensa sensacionalista había vilipendiado a Orla por haber recibido, supuestamente, una enorme cantidad de dinero al divorciarse de su esposo. Lo cierto era que no había pedido ni recibido un céntimo de David, lo cual no había sido impedimento para que los periódicos especularan sobre cuánto había «ganado» tras diez meses de matrimonio.

No, no iba a pensar en el pasado. Por fin se había librado de David y, en cierto sentido, su desastroso matrimonio la había fortalecido. No volvería a dejarse controlar por un hombre.

Se acercó al coche deportivo, atraída por su elegancia. Era un vehículo que prometía emociones fuertes y peligro. Pero ella no deseaba emociones fuertes. Había creído que casarse con David le proporcionaría la seguridad que llevaba toda la vida anhelando. Pero la había visto peligrar cuando David bebía. Su estado de ánimo cambiaba instantáneamente y perdía los estribos.

Una expresión de dolor atravesó su rostro al pasarse los dedos por la cicatriz que tenía desde la ceja al nacimiento del cabello. Llevaba el cabello con raya a un lado para taparla, además de maquillársela para disimularla.

Sin embargo, siempre estaría ahí para recordarle su error de juicio y su decisión de no volver a confiar en un hombre.

Nunca le había contado a nadie el maltrato físico y psicológico al que se había visto sometida en su matrimonio con un jugador profesional de críquet inglés. David era muy popular entre sus seguidores y los medios de comunicación por su carácter afable en el campo y en las entrevistas. Orla estaba segura de que nadie creería que tenía problemas con la bebida ni que el alcohol lo convertía en un monstruo agresivo.

La prensa la había acusado de partirle el corazón y arruinar su carrera cuando lo había abandonado, días antes de que el equipo inglés de críquet jugara contra Australia un importante partido. Inglaterra había perdido y David había dejado de ser el capitán del equipo.

En una entrevista había echado la culpa a su mujer de
su pésimo rendimiento en el juego por haberlo abandonado.

A Orla le había resultado fácil creerse culpable de
los problemas de la relación entre ambos, ya que David no dejaba de minarle la seguridad en sí misma y
de hacerla creer que era un inútil. Tuvo que agredirla
físicamente para que ella dejara de fingir que todo iba
bien y reconociera que ya no sentía nada por él. Si
seguía con él, temía que la vez siguiente la matara.

Recuperar el control de su vida había sido duro,
pero Orla había descubierto que poseía una enorme
voluntad de supervivencia. Volver a Villa Romano
sabiendo que Torre estaría allí era otro paso que la
alejaba de la muchacha llena de sueños románticos
que había sido. Ya era una mujer independiente.

—Es precioso, ¿verdad?

Ella había oído aquella voz innumerables veces en
sueños, pero en aquella ocasión era real, por lo que el
corazón le dio un vuelco. La última vez que había
visto a Torre tendría veinticuatro o veinticinco años,
así que, se dijo, ahora, con treinta y pocos, habría em-
pezado a quedarse calvo y le habría salido barriga.

Animada por ese pensamiento, se volvió a mirarlo
y sus ojos se enfrentaron a los grises brillantes de él.
Ocho años antes, Torre era tan increíblemente guapo
que podía haber sido modelo de revista. Ahora lo era
incluso más de lo que recordaba Orla, y su masculi-
nidad y sensualidad le aceleraron el pulso.

Se percató, demasiado tarde, de que debiera haber
hecho caso de su instinto y haberle dicho a Jules que
la llevara de vuelta al aeropuerto. Pero había dejado

de creer en los cuentos de hadas y en el príncipe azul que la rescataría y protegería. Había aprendido, con mucho dolor, que la única persona que la protegería era ella misma, por lo que se alegró de que la voz le sonara fría al contestarle.

–Hola, Torre. Jules ha dicho que eras tú el que nos ha adelantado en la carretera de la costa, conduciendo como un lunático.

Él sonrió mostrando la blancura de su dentadura, que contrastaba con el bronceado de su piel. Orla, sorprendida, reconoció que la sensación que experimentaba en la pelvis era deseo, cuando había creído que David había acabado con él. Era desconcertante notar que seguía vivo y coleando, y un desastre que hubiera sido Torre quien lo había despertado.

Recordó la boca de él en la suya, la dulzura del primer beso. Él se había adueñado de todo lo que ella le había ofrecido con una ingenuidad que, ocho años después, le daba ganas de llorar. Le había arrebatado su inocencia y, después, la había aplastado como si fuera un insecto.

–Conducía deprisa, pero me conozco la carretera como la palma de la mano. Además, un poco de peligro da sabor a la vida –dijo él avanzando hasta detenerse muy cerca de ella.

–No me lo parece. Creo que es estúpido arriesgarse de forma innecesaria –contestó ella alzando la barbilla para mirarlo directamente al rostro.

Se dio cuenta de que era más alto de lo que recordaba. Se preguntó por qué sentía la necesidad de desafiarlo, cuando era tan peligroso. Lo más sensato sería alejarse de él, pero no podía moverse, fascinada por él. Ni siquiera lo hizo cuando Torre extendió la mano y le quitó las gafas de sol.

—Tienes los ojos del color que recordaba: avellana moteado de verde —murmuró.

Ella notó lo agitado de su respiración y tuvo la certeza de que él oiría los atronadores latidos de su corazón. Llevaba un mes preparándose para aquel encuentro con Torre y se había imaginado que ella se comportaría de forma fría y desdeñosa, en tanto que él se mostraría contrito y arrepentido por haberla rechazado años antes.

Pero su cuerpo no seguía aquel guion. Estaba mareada, lo cual podía ser una reacción al calor, se dijo a sí misma. Más difícil de explicar era el cosquilleo que sentía en los pezones, que se los estaba endureciendo. Rogó que no se le notara bajo la tela del vestido.

—Perdona —dijo quitándole las gafas y volviéndoselas a poner—. Me sorprende que recuerdes el color de mis ojos. Yo apenas recuerdo nada de ti.

Él no pareció molestarse por sus palabras, ya que sonrió de oreja a oreja.

—Entonces, es una suerte que nos hayamos reencontrado —murmuró.

—¿Por qué? —le espetó ella—. Lo que sí recuerdo es que no encontrabas el momento de perderme de vista después de haber pasado la noche juntos.

Torre pareció no haberla oído y la oscura intensidad de su mirada aumentó la sensación alojada en la pelvis de Orla hasta el punto de que sintió el impulso de apretarla contra la de él. Se humedeció los labios con la lengua, movimiento que pareció fascinar a Torre.

–Eras bonita a los dieciocho. Pero ahora... *Dio!* Eres increíblemente hermosa.

Orla lo miró y se quedó deslumbrada, como si estuviera mirando directamente al sol. Su atractivo sexual la hizo temblar. En los años transcurridos, sus rasgos se habían endurecido, pero sus labios seguían siendo igual de sensuales y estaba segura de que su cabello negro sería igual de sedoso si le introducía los dedos.

El aire en torno a ellos se había inmovilizado, cargado de una tensión que amenazaba la compostura de Orla. No podía apartar la vista de Torre, de su boca, demasiado cercana a la suya, a pesar de que no se había movido.

–La gente cambia –masculló él.

–¿A qué te refieres?

Él se le acercó más y ella aspiró el olor familiar de su loción para después del afeitado. Volvió a sentirse mareada y extrañamente desconectada de la realidad.

–Orla –dijo él en voz baja y con una urgencia que penetró en ella y causó una tormenta en su interior.

Nada la había preparado para aquella tensión sexual que estallaba entre ambos. Se sentía atraída hacia él como si una cuerda invisible los rodeara y se fuera apretando lentamente en torno a ellos. El corazón se le desbocó cuando Torre acercó su boca a la de ella y su cálido aliento le rozó los labios.

Capítulo 2

CREÍ que ibas a entrar, Orla.

La voz de Jules la devolvió de golpe a la realidad y se apartó bruscamente de Torre. Menos mal que iba a comportarse con frialdad, se dijo con sorna. Habían bastado unos segundos a su lado para lanzarse prácticamente a sus brazos. Por suerte, la interrupción de Jules había impedido que hiciera el ridículo.

—No he encontrado al ama de llaves, así que, de momento, he dejado el equipaje en el guardarropa de las visitas —explicó Jules—. Hola, Torre —estrechó la mano de su hermanastro—. Me alegro de verte.

Jules pasó el brazo por los hombros a Orla. Ella sabía que era un gesto amistoso, pero le pareció extrañamente posesiva la forma en que la atrajo hacia sí. Miró a Torre y vio que había entrecerrado lo ojos y que sus labios dibujaban una fina línea, pero tal vez fueran imaginaciones suyas, ya que sonrió a Jules.

—Yo también me alegro de verte. El primo Claudio y su familia han llegado sin avisar y, como todas las habitaciones de invitados de Villa Romano están ocupadas, le he dicho a Giuseppe que Orla y tú podéis alojaros en mi casa de Ravello.

—No —dijo Orla—. Quiero decir que te lo agradezco, pero no hay sitio para los dos en tu casa. Yo iré a un hotel.

La idea de volver al sitio en que había perdido la virginidad le resultaba insoportable. La noche que había pasado en brazos de Torre le había parecido un hermoso sueño, pero se había transformado en una pesadilla a la mañana siguiente. Volvió a oír su fría y acusadora voz preguntándole por qué no le había dicho que era la hija de la prostituta de su padre. «¿Esperabas convencerme de que me casara contigo igual que Kimberly ha conseguido que mi padre pierda el juicio y se case con ella? Ya veo que las dos queréis apoderaros de la fortuna de los Romano».

Él había adoptado una actitud cínica cuando ella había negado haberle ocultado su identidad. Le explicó, a trompicones, que ella se apellidaba Brogan, como su padre, pero que Kimberly utilizaba el apellido de otro de sus esposos, lo cual enfureció aún más a Torre, que le arrancó la sábana en la que se había envuelto y miró con furia las marcas rojas que su barba sin afeitar le había dejado en los senos y los muslos.

Orla recordó sus últimas palabras: «Has sacrificado tu inocencia en vano, *cara*. Mi padre ha hecho el ridículo casándose con una cazafortunas, pero yo no pienso cometer el mismo error».

La voz de Torre sacó a Orla de sus pensamientos.

–Hace unos años que derribé la vieja cabaña y construí una casa mucho más grande, Casa Elisabetta, en la que hay espacio de sobra. Además, dudo que haya habitaciones libres en los hoteles de la costa, ya que estamos en plena temporada alta.

–Es cierto –apuntó Jules–. Te gustará Ravello –añadió con una sonrisa dirigida a Orla–. Es una bonita ciudad con estupendas vistas de la bahía.

Orla solo pudo acceder con dignidad, aunque lo que quería era salir corriendo. Además, aunque encontrara una habitación no podría pagarla porque estaba a punto de quedarse sin saldo en la tarjeta de crédito, ya que había tenido que pagar el billete de avión entre Londres y Chicago para ir a ver a su madre.

–Entonces, decidido –dijo Torre mirando su reloj.

Orla se preguntó qué hubiera ocurrido si Jules no los hubiera interrumpido. Estaba segura de que Torre había estado a punto de besarla, pero se dijo que su buen sentido habría prevalecido y no se lo hubiera consentido.

–Vamos a ver a Giuseppe –añadió Torre–. La comida se va a servir en la terraza.

Siguió a Jules y Orla por el sendero que rodeaba la casa. Ella sentía la mirada de Torre clavada en la espalda y, de pronto, fue consciente de que el vestido se le adhería demasiado a las nalgas. La invadió una ola de calor y se sintió avergonzada al notar humedad entre los muslos. Se apartó de Jules para librarse de su brazo.

–No estoy acostumbrada a este calor –se disculpó–. Estoy sudando.

El sendero conducía a la parte de atrás de la villa, donde una pérgola cubierta de parras protegía del fuerte sol del mediodía. Orla contó doce personas sentadas a la mesa. Giuseppe se levantó a recibirlos.

–Bienvenida, Orla. Hacía mucho que no venías a Villa Romano –dijo besándola en ambas mejillas.

Después se volvió hacia Jules–. ¿Por qué has tardado tanto en traerla?

Giuseppe presentó a Orla a su extensa familia. Ella sonrió educadamente mientras iba estrechando manos, pero estaba desconcertada por el comentario de Giuseppe. ¿Por qué esperaba que Jules la hubiera llevado a Villa Romano antes? Giuseppe sabía que eran amigos, pero la mirada cómplice que había intercambiado con Jules la había intranquilizado.

Se quitó las gafas y la pamela, y el cabello le cayó sobre los hombros. Oyó un gruñido sofocado a su espalda y se volvió. Torre la miraba con ojos duros como el acero. A ella se le encogió el estómago y volvió a sentirse mareada, aunque, entonces, no pudo atribuirlo a la intensidad del sol, sino al ardiente deseo que circulaba por sus venas como lava líquida.

Apartó la vista de él al tiempo que Jules la tomaba por la cintura para conducirla a los dos asientos libres que había en la mesa.

«Olvídate de Torre», se dijo, pero le fue imposible cuando él se sentó justo enfrente de ella.

Un camarero le ofreció vino, pero Orla prefirió beber agua. Había tenido vómitos días antes del viaje y todavía notaba el estómago delicado. Rara vez bebía alcohol, pero reconoció que la idea de emborracharse y dejar de prestar atención a Torre y de imaginarse sus bronceadas manos en su cuerpo, era preferible a no despegar la vista del mantel.

La invadieron los recuerdos de ocho años antes. Su madre se había comportado como una reina recién coronada tras su matrimonio secreto con Giuseppe. En la fiesta de celebración, Orla oyó los comentarios burlones de los invitados acerca de que Kimberly se había casado con uno de los hombres más ricos del mundo por su dinero. Se sintió avergonzada, pero, por suerte, nadie se fijó en ella ni pareció saber de quién era hija.

Kimberly no se despegó de su nuevo esposo en toda la velada y no se molestó en presentar a Orla al resto de invitados. Esta estaba a punto de volver a su habitación, ya que nadie iba a echarla de menos, pero sintió un extraño cosquilleo entre los omóplatos que la hizo volverse a mirar.

Fascinada, contempló al hombre que le había cortado la respiración el día que había llegado a Villa Romano desde Londres, acompañada por algunas amigas de su madre. Al bajar del taxi, vio salir de la piscina a un hombre que estaba como un tren. Su musculoso cuerpo no había pasado desapercibido a las amigas de su madre, que comentaron sus posibles proezas sexuales.

Kimberly dijo que era el hijo de Giuseppe cuando salió de la villa a recibir y a besar a sus amigas, antes de mirar con desaprobación a la camiseta y los vaqueros de Orla.

—Torre es un animal sexual, pero es tan arrogante que me mira con desprecio. Creo que está enfadado porque, al haberme casado con su padre, heredaré su dinero cuando Giuseppe muera —había dicho su madre.

Esa noche, en la fiesta, Orla contempló a Torre y se dijo que era su hermanastro. Pero ese pensamiento y todos los demás desaparecieron de su mente cuando Torre la atrapó con su mirada, que fue como si hubiera recibido una descarga eléctrica. Vio que cruzaba la sala en dirección a ella y tuvo ganas de salir corriendo al percibir su salvaje expresión.

Era una lástima que no hubiera obedecido a su instinto ese día, pensó Orla. Picoteó los raviolis que habían servido de primer plato, pero no tenía apetito a causa de su reciente trastorno gástrico y del nudo que sentía en el estómago por la presencia de Torre frente a ella.

En la mesa, la conversación se desarrollaba principalmente en italiano. Orla había aprendido italiano en la escuela y lo había practicado en sus visitas a Villa Romano mientras su madre vivía allí. Esperaba que, gracias a su dominio del idioma, Giuseppe le diera trabajo.

–Estás muy callada –la voz profunda de Torre la sobresaltó y alzó la vista para mirarlo.

Una vez recuperada del impacto inicial de volver a verlo, lo examinó con más objetividad, pero, por desgracia, seguía siendo igual de atractivo. Llevaba el cuello de la camisa desbrochado, y la vista de su piel morena y el vello en el pecho le comprimió aún más el estómago. Parecía relajado mientras esperaba a que le contestara.

–Estoy cansada del viaje.

–Es un vuelo de dos horas y media desde Londres. No me parece que sea un viaje tan agotador.

–No sabía que tuviera que darte conversación –dijo ella con voz tensa–. ¿De qué quieres que hable?

El brillo de los ojos de él le indicó que había caído en la trampa que le había tendido. Tuvo ganas de lanzarle al rostro el agua de la jarra. Se obligó a respirar profundamente. Hacía tiempo que no se sentía tan furiosa.

Había aprendido que la única forma de enfrentarse a los ataques de rabia de David era mantenerse tranquila e intentar calmarlo. La única vez que había tratado de defenderse, él la había agredido. Sin darse cuenta, se llevó la mano a la cicatriz que le había hecho con un anillo al golpearla. Tuvieron que darle puntos. Vio que Torre seguía el movimiento de su mano con la mirada, por lo que la bajó inmediatamente.

–¿Por qué no empiezas hablándome de ti? Hace ocho años, no hablamos mucho.

Orla se maldijo por sonrojarse. Apareció en su mente la imagen de Torre tumbado en la cama. Cuando él la había colocado sobre su cuerpo, ella se había maravillado ante la dureza del mismo. Nunca había estado desnuda delante de un hombre y, al ver la excitación masculina, había sentido aprensión al principio. Pero él la había besado, y todas sus dudas habían desaparecido ante la embestida de su fiera pasión.

Orla tragó saliva, decidida a no responder a las burlas de Torre.

–¿Qué quieres saber?

–¿De qué vives?

A Orla se le cayó el alma a los pies al pensar que, tal vez, él hubiese leído lo que había publicado la prensa sobre ella tras haber abandonado a su esposo. Había tenido que esperar dos años para que se iniciaran los trámites de divorcio. Hacía un mes que lo había conseguido definitivamente, pero su alivio al verse libre de David se había convertido en consternación cuando la prensa sensacionalista la había calificado de cazafortunas y acusado de haber conseguido una enorme suma de dinero de su exesposo, al tiempo que la comparaba con su madre, que había hecho una profesión de casarse y divorciarse de hombres ricos.

Orla hubiera querido decirle a Torre que tenía un buen trabajo. Giuseppe le había contagiado el interés por la Ingeniería Civil, y eso había estudiado en la universidad, con la esperanza de introducir cambios reales en la vida de la gente proporcionándole infraestructuras vitales.

Por desgracia, no había acabado la carrera. Había conocido a David Keegan en el último curso de sus estudios, en el que, para adquirir experiencia, había que viajar a lugares donde se estuvieran desarrollando proyectos. A David no le gustaba que trabajara en un entorno predominantemente masculino.

A posteriori, Orla se había dado cuenta de que había dado muestras de su carácter obsesivo y celoso antes de que se casaran en Las Vegas, tres meses después de conocerse en un bar, donde ella trabajaba de camarera para sacarse algo de dinero.

Después de la boda, David la convenció de que dejara la carrera para poder viajar con él cuando jugara partidos internacionales con el equipo inglés de críquet.

Orla sonrió al camarero mientras este le retiraba el primer plato, que prácticamente no había tocado, y lo sustituía por un *risotto*. Pero seguía sin tener apetito y sus pensamientos continuaban centrados en el pasado.

Su intención había sido retomar los estudios y acabar la carrera. Sin embargo, cuando su matrimonio llegó a su fin, su seguridad en sí misma estaba por los suelos. Se había marchado sin nada, salvo la ropa que se había comprado con su dinero, no con el de David. Necesitaba un empleo, pero solo tenía experiencia como camarera o administrativa, labor que había llevado a cabo durante un año, entre el final de la escuela secundaria y la entrada en la universidad.

Hizo un curso intensivo de secretariado y encontró trabajo de secretaria en una constructora. Sus conocimientos de Ingeniería resultaron útiles y pronto la ascendieron a secretaria del director. Sin embargo, la despidieron cuando tuvo que tomarse un largo permiso para ir a Estados Unidos a cuidar a su madre.

Desde entonces, no había encontrado trabajo, y su situación económica era desesperada, por lo que su seguridad en sí mismo volvía a estar bajo mínimos.

—Supongo que trabajas —dijo Torre—. A no ser que alguien te mantenga.

—De momento, estoy en paro —afirmó ella sin ninguna emoción.

—Pero Giuseppe ha comentado que vives en una buena zona de Londres. ¿Cómo puedes permitirte vivir en Chelsea si no trabajas?

—No es asunto tuyo —respondió ella con frialdad.

No le había dicho a Giuseppe que, para poder pagar las deudas de Kimberly, había vendido el lujoso piso que este había dado a su madre como parte de su acuerdo de divorcio.

Orla esperó temblando que Torre se enfadara, como David hacía invariablemente. Sin embargo, Torre no dijo nada.

Descubrir que su madre había hipotecado el piso de Chelsea había sido otro golpe para Orla. Esperaba poder cubrir, con la venta del mismo, los gastos médicos de Kimberly en el hospital de Chicago, donde recibía tratamiento desde que un infarto cerebral había estado a punto de acabar con ella. Pero no tenía sentido contarle todo aquello a Torre, que despreciaba tanto a su madre como a ella.

Jules, que había estado hablando con Giuseppe, dejó de hacerlo y se volvió hacia Orla.

—No has comido mucho. ¿Estás bien?

—Sí —respondió Orla sonriéndole. Era un buen amigo. Contra su voluntad, miró a Torre, cuya expresión sardónica la enfureció. Pero Jules no pareció darse cuenta de la tensión existente entre ambos.

—Orla y tú debéis de tener mucho de que hablar para poneros al día, después de ocho años —dijo Jules a Torre.

—Quería saber en qué trabaja, pero me ha dicho que no tiene empleo.

—Espero que te haya dicho que lo que le sucedió en la empresa en que trabajaba no fue culpa suya —Jules salió inmediatamente en defensa de Orla—. Es muy buena secretaria y sería ideal para desempeñar el puesto de secretaria del jefe de auditores de ARC, en Londres, pero Richard Fraser, el director de la sucursal londinense, rechazó su solicitud. Estoy seguro de que Orla sería muy valiosa para la empresa, si le dierais la oportunidad de demostrar su valía.

Giuseppe miró a Orla antes de hablar.

–El presidente de la empresa no puede interferir en las decisiones de los directores de las sucursales, salvo en contadas ocasiones –murmuró–. Richard Fraser me cae bien y respeto su criterio. De todos modos, me gustaría ayudarte, Orla. Eres mi hijastra y estoy encantado de que quieras trabajar en la empresa. Pero ya no soy su presidente. Voy a hacer una declaración formal y a anunciar a la prensa, en la fiesta del centenario de la empresa, que dejo de ser presidente y consejero delegado y que me sustituirá mi hijo. Comencé el proceso legal de traspaso de poderes a Torre hace una semana, cuando estaba en el hospital por una neumonía. Me hago mayor y es hora de que un hombre más joven, con más energía y nuevas ideas, dirija ARC.

En la mesa, todos se volvieron a mirarlo cuando se levantó y alzó la copa.

–Quiero brindar por Torre. Estoy seguro de que, con él, ARC continuará progresando y expandiéndose.

Todos se levantaron y alzaron las copas. Orla murmuró su enhorabuena, a pesar de que se sentía descorazonada, ya que había creído que podría convencer a su padrastro de que le diera trabajo. Pero Torre, el nuevo presidente, no sentía simpatía alguna por ella.

Cuando todos hubieron vuelto a sentarse, Jules se dirigió a Torre.

–Te agradecería que hablaras a favor de Orla a Richard Fraser para que le dé el puesto que había solicitado. Si lees su currículo, verás que reúne los requisitos necesarios.

–No puedo prometerte nada, pero dedicaré unos minutos a examinar su currículo.

Orla quiso decirle que no se molestara: estaba segura de que no le iba a dar trabajo. Por otro lado, ella ni siquiera quería ser secretaria. No le gustaba, pero era lo único que sabía hacer. Y aunque quisiera volver a la universidad a acabar la carrera, no podría pagarse la matrícula ni permitirse dejar de tener ingresos mientras estudiaba. Estaba obligada a trabajar para pagar los gastos médicos de su madre, por lo que no podía arriesgarse a desaprovechar la oportunidad, por pequeña que fuera, de que Torre la contratara.

–Supongo que has traído tu currículo.

–Sí –ella lo sacó del bolso.

Torre extendió el brazo por encima de la mesa para agarrarlo y sus manos se rozaron. Ella contuvo el aliento y él sonrió cínicamente.

¿Con qué derecho le sonreía así?, se preguntó ella, furiosa. Su único delito había sido acostarse con él al confundir, en su ingenuidad, el deseo con algo más profundo. Pero el amor era una ilusión. Ocho años antes, Torre solo había deseado su cuerpo, cuando ella había creído que era amor a primera vista. Años después creyó que amaba a David, que la había maltratado.

–Ven a la biblioteca dentro de veinte minutos y hablaremos de tu currículo –dijo él al tiempo que se levantaba–. Si me convences de que posees aptitudes que pueden resultar útiles a la empresa, me plantearé la posibilidad de hacérselo llegar a quien corresponda.

–Gracias –dijo ella.

Se puso tensa cuando Jules apoyó la mano en la suya, que estaba sobre la mesa.

–Te prometí que todo saldría bien, ¿vedad, *chérie*?

Ella se sonrojó ante la mirada de Torre, como si fuera culpable de algo Quiso retirar la mano. Estaba segura de que el tono de Jules había sido posesivo. Había cometido un error al ir a Villa Romano, pensó mientras veía a Torre alejarse. Tenía el presentimiento de haber tomado un camino peligroso del que no habría vuelta atrás.

Capítulo 3

TORRE se dio cuenta de que Orla había entrado en la biblioteca, a pesar de que estaba de espaldas a la puerta y ella no había hecho ruido. Notó el sutil olor a jazmín de su perfume, que le recordó una noche de mucho tiempo atrás.

En una ocasión, cuando su padre aún estaba casado con Kimberly, había llegado a Villa Romano de uno de sus viajes de negocios y se había enterado de que Orla se había marchado una hora antes para volver a Inglaterra. Torre se dijo que no tenía ganas de volver a verla, pero, al entrar en la biblioteca, donde, según su padre, Orla pasaba la mayor parte del tiempo en sus visitas, había aspirado el leve aroma de su perfume y se había excitado.

Ahora, años después de aquello, volvía a hallarse en la biblioteca aspirando aquel perfume seductor. Menos mal que no la había besado antes. No se explicaba el loco impulso que había experimentado de meterla en el coche y llevársela a Ravello.

Al volver a verla, después de tantos años, no estaba preparado para el fiero deseo que le había clavado las garras como un animal salvaje cuando ella se había vuelto a mirarlo, con el rostro medio oculto entre la pamela y las gafas de sol.

Torre se había quedado sin aliento mientras el corazón se le desbocaba. En ese momento se olvidó que quién era ella; o mejor dicho, de qué era, a pesar de que sabía que se había acostado con él y le había entregado su virginidad esperando que él fuera tan crédulo como su padre, que se había casado con la parásita de su madre.

La oportuna aparición de Jules lo había salvado de repetir su error pasado, cuando se había dejado llevar por la pasión. Su hermanastro le caía bien, aunque la forma de ser de ambos era totalmente opuesta Jules era infinitamente más amable que él y había heredado su naturaleza sencilla y apocada de su madre.

Sandrine se había convertido en la madrastra de Torre cuando este tenía diez años de edad y, en buena medida, había llenado el vacío que había dejado en él la muerte de su madre, cuatro años antes. No entendía cómo su padre había sustituido a Sandrine por la avariciosa Kimberly.

Por eso, cuando, tras haber pasado la noche con él, Orla le había dicho que era su hija, la había acusado de engañarlo. Se sentía furioso por haber caído en la misma trampa que su padre y culpable por haber traicionado la bondad de su madrastra, al haberse acostado con el enemigo.

—Torre... —la voz de Orla, clara y suave, lo devolvió al presente. Se sintió como si un guante de terciopelo le acariciara todo el cuerpo. Durante la comida, había sido incapaz de dejar de mirarla.

Sin embargo, no era un joven inexperto que se guiara por su instinto. No consentía que nadie le hiciera perder el control de sí mismo, sobre todo si se

trataba de una mujer que, según la prensa, era una mercenaria como su madre. Respiró hondo y se volvió
hacia ella. Se enfureció al contemplar su aire de inocencia. ¿Cómo lo conseguía cuando él tenía pruebas
de que era todo menos inocente?

Se acercó a ella admirando su largo y pelirrojo
cabello y las pequeñas pecas en la nariz y las mejillas que destacaban sobre su piel de porcelana. No
había visto nada tan precioso. Era una obra de arte,
tan frágil como una rara orquídea, tan exquisita como
una piedra preciosa.

Sintió que la rabia lo ahogaba al reconocer que
nunca había deseado a otra mujer como deseaba a
Orla. Se odió por la debilidad heredada de su padre,
que hacía que la sangre le circulara a toda velocidad
y que lo excitaba de tal manera que le resultaba do-
loroso.

—¿A qué has venido? —preguntó con voz dura.

—Me has dicho que viniera a la biblioteca para
hablar de mi currículo —contestó ella, desconcertada.

—Quiero decir que a qué has venido a Villa Romano.

—Ya lo sabes: Giuseppe me ha invitado a su fiesta
de cumpleaños.

—También lo hizo a las tres anteriores. ¿Por qué
has aceptado esta vez?

—Porque cumple setenta. Cuando Jules me dijo
que podíamos viajar juntos, me pareció buena idea.

—Seguro que sí.

Ella frunció el ceño.

—¿A qué te refieres? ¿A qué viene ese sarcasmo?
No lo entiendo —dijo ella con enfado.

«Bien», pensó Torre. Quería alterarla. Ocho años antes le había parecido muy ingenua y, aunque sabía que era más joven que él, se había quedado sorprendido al saber que solo tenía dieciocho años. Había descubierto su total falta de experiencia cuando se había puesto rígida bajo su cuerpo, pero ya era demasiado tarde para rechazar el regalo de su virginidad, que él no le había pedido.

Ahora debía de tener veintiséis o veintisiete años, y le chocó que no hubiera desarrollado los rasgos duros y la expresión calculadora de su madre. Sin embargo, había perdido la alegre espontaneidad que brillaba en sus ojos y se había vuelto reservada y distante.

Torre le indicó que se sentara en la silla que había frente al escritorio. Él, en vez de hacerlo en la otra, apoyó la cadera en la mesa, de modo que ella tuviera que alzar la cabeza para mirarlo.

—He leído el currículo. Parece que tienes formación de secretaria, pero no veo que poseas experiencia en un departamento de contabilidad.

—Es que nunca he trabajado en uno.

—Entonces, ¿por qué solicitaste el puesto de secretaria del director del departamento en la sucursal de ARC en el Reino Unido?

—Porque la labor de una secretaria es básicamente la misma en cualquier departamento. Jules me dijo que el puesto estaba vacante donde él trabajaba y me sugirió que lo solicitara.

A Torre no le sorprendió, ya que, así, Jules la vería todos los días.

—Supusiste que Jules podría convencer al director

de la oficina de Londres de que te ofreciera el empleo.

—No supuse nada —le espetó ella, que rápidamente controló su ira.

Torre sintió la necesidad de sacudirla por los hombros o besarla, de hacerle algo que destruyera su serena expresión, que lo sacaba de sus casillas.

—Hay dos cosas que no entiendo. La primera es por qué buscas trabajo cuando la prensa inglesa ha informado ampliamente que has recibido mucho dinero de tu exesposo por el divorcio.

El rubor cubrió las mejillas de Orla, pero no mordió el anzuelo, sino que respondió con voz cansina:

—La prensa sensacionalista ha publicado una serie de artículos llenos de falsedades sobre la ruptura de mi matrimonio. Es problema tuyo que decidas creer esas mentiras.

—Si los artículos no eran ciertos, ¿por qué no demandaste a los periódicos o les exigiste que se retractaran?

Ella soltó una amarga carcajada.

—No he recibido ni un céntimo de David. No quiero nada de él. Pero, paradójicamente, eso implica que no puedo permitirme pagar el coste que supondría ejercer acciones legales contra la prensa.

Torre pensó que debía de ser estúpido, ya que quería creerla.

—Así que solicitaste empleo en la sucursal de ARC en Londres, pero el director te rechazó. ¿Sabe Jules que te despidieron de tu empleo anterior, en Mayall's, porque faltabas constantemente? He llamado a Richard Fraser para preguntarle por qué había rechazado tu solicitud y me ha dicho que había hablado con el director de Mayall's, que le había contado que te había despedido por tus continuadas ausencias.

Orla bajó la cabeza y se miró el regazo. Él quiso agarrarla de la barbilla para que volviera a mirarlo.

—Estaba pasando una mala época y tuve que faltar al trabajo porque... —la voz se le quebró y Torre pensó que estaba actuando—. Por razones personales en las que prefiero no entrar.

—Seguro que Jules se mostró compasivo cuando le contaste tu triste historia. Debe de resultarte muy conveniente tener un perrito faldero siempre a tu entera disposición.

Ella alzó la cabeza bruscamente y lo miró con los ojos brillantes de ira.

—Esa no es forma de hablar de Jules —dijo con voz ronca—. Somos amigos.

—Está enamorado de ti. Hasta el más idiota se daría cuenta. Y tú eres muchas cosas, Orla, pero no idiota.

—Te equivocas: Jules no está enamorado de mí —Orla se levantó de un salto, pero, al hacerlo, quedó atrapada entre Torre y la silla—. Somos amigos. Es bueno y amable conmigo, pero supongo que no entenderás que sea posible que un hombre y una mujer tengan una relación platónica, siendo tan macho como eres. No todo tiene que ver con el sexo.

—Mi hermanastro es un hombre como cualquier otro. Quiere acostarse contigo y no es difícil darse cuenta de por qué.

Su mirada se deslizó por el cuerpo de ella, por su

vestido que se ajustaba a sus perfectos senos. Oyó su propia respiración y cómo se aceleraba la de ella, y vio que la expresión de sus ojos pasaba de la ira al deseo.

—En la comida, he visto que Jules jadeaba por ti como un perro cuando huele a una perra en celo. Está loco por ti y tú lo animas lo suficiente para que siga olisqueando a tu alrededor como un amoroso cachorro.

Ella se puso lívida.

—Eres repugnante —afirmó con voz temblorosa—. ¿Con qué derecho me hablas así?

—Respeto a mi hermanastro y no voy a quedarme sentado viendo que lo dejas en ridículo cuando es evidente lo que te propones.

—¿Y qué es lo que me propongo?

—Lo mismo que intentaste conmigo hace ocho años. Pero, aunque utilizaste la baza de tu virginidad, supongo que con la esperanza de que me casara contigo, me di cuenta de que eras tan mercenaria como tu madre cuando te descubrí tratando de robar joyas que habían sido de mi madre.

—Ya te expliqué que Kimberly me había prestado uno pendientes que Giuseppe le había regalado. Los llevé puestos al principio de la fiesta, pero, temerosa de perderlos, me los quité y los guardé en el bolso hasta que pudiera devolvérselos.

Torre no hizo caso del temblor de su voz. Los pendientes de esmeraldas habían sido los preferidos de su madre, hasta el punto de que los llevó puestos los últimos días de su vida, cuando el cáncer la había dejado tan delgada que ya no parecía su *mamma*.

Se había sorprendido y enfurecido al ver a Orla sacarlos del bolso y se negó a creer que Giuseppe hubiera regalado a su nueva esposa una joya de Elisabetta Romano.

Sin embargo, desde entonces, había descubierto que su padre había regalado otras joyas de su primera esposa a sus amantes, por lo que era posible que le hubiera regalado aquellos pendientes a Kimberly, en cuyo caso habría juzgado mal a Orla.

–Tuviste más éxito al conseguir casarte con un rico deportista inglés –afirmó con frialdad–. Pero un esposo medianamente sensato hubiera insistido en firmar un acuerdo prematrimonial. Así que o no has recibido todo el dinero que decía la prensa o te lo has gastado. Pero, por suerte, tu querido amigo Jules está enamorado y hará lo que sea por ti, como utilizar su influencia sobre Giuseppe para conseguirte un empleo en ARC. Por desgracia para ti, mi padre me ha nombrado presidente, y a mí no me engañas. Supongo que tu objetivo final es casarte con Jules. Pero hay un problema.

–¡No me digas! –los ojos de Orla brillaban de furia, pero su voz era fría y burlona, desafiante, lo que acabó con el escaso autocontrol que le quedaba a Torre.

Un intenso deseo se apoderó de él, un deseo que no habían podido apaciguar años de relaciones sexuales sin sentido. Y se lo provocaba una frágil mujer que ni siquiera era su tipo. Solía elegir a rubias atléticas y despreocupadas a las que les gustaba el sexo sin complicaciones, como a él.

Se separó del escritorio y, al hacerlo, su cuerpo casi rozó el de ella.

–El problema es que no eres una actriz convincente y que te pones rígida cada vez que Jules se te acerca o te manifiesta su afecto. El pobre diablo acabará por darse cuenta de que no quieres acostarte con él.

–Pero es que no quiero acostarme con él, imbécil –afirmó ella poniendo los brazos en jarras, lo cual acercó sus senos al pecho masculino–. Te equivocas: no pienso casarme con Jules.

–Pero no me equivoco en esto –Torre cedió al deseo de tocarla. Se enrolló un mechón de su cabello en los dedos y con la otra mano la agarró por la cintura–. No quieres acostarte con Jules, pero sí conmigo, ¿verdad, *cara*?

–¡Cómo puedes ser tan arrogante! –Orla lo fulminó con la mirada, pero ni lo negó ni intentó separarse de él. Lo miró desafiante y Torre no pudo contenerse. Con un gemido pegó su boca a la de ella y la besó con dureza, mientras el fuego en su interior se convertía en un infierno.

Orla le puso las manos en el pecho, pero en lugar de empujarlo para que la soltara, como él esperaba, las deslizó hacia sus hombros mientras abría los labios. Su dulce aliento llenó la boca de Torre, que experimentó una inmensa sensación de triunfo cuando ella lo besó con una pasión semejante a la suya, como si llevara ocho años deseándolo, del mismo modo que él lo había hecho cada vez que pensaba en ella.

La agarró de la cabeza y la atrajo hacia sí de modo que su pelvis se apretara contra su hinchada entrepierna. Ella temblaba, o tal vez fuera él. Se perdió en el dulce ardor de su respuesta y siguió besándola sin descanso. Perdido todo el control, solo quedó en él un deseo que lo enfurecía porque no entendía por qué deseaba a Orla con una intensidad que no había sentido con ninguna otra mujer.

Se dijo que, como ocho años antes, ella había conseguido que volviera a perder el control y el respeto por sí mismo. Era débil como su padre al desear a una mujer tan avariciosa como su madre.

Apartó su boca de la de ella reprochándose su estupidez e intentando controlar su cuerpo.

—El puesto de secretaria del director de ARC en Londres se le ha concedido a otra persona. Pero, aunque estuviera vacante, no te lo daría; ni ese ni ningún otro.

Orla parpadeó como si hubiera vuelto bruscamente a la realidad. Retrocedió unos pasos y se apartó la melena del rostro con mano temblorosa.

—Te aconsejo que te alejes de Jules. Márchate de Londres y busca a otro incauto a quien cautivar. Eres tan guapa que no tendrás problema en hallarlo.

—Te equivocas con respecto a Jules —susurró ella.

—Es un romántico y cree que eres una princesa en una torre de marfil a la que espera despertar con un beso —continuó Torre sin piedad—. No sabe que eres una furcia mercenaria y que, si te desea, tendrá que pagar por tenerte. ¿Le vas a vender tu cuerpo por partes? ¿Cuánto le cobrarás por un beso?, ¿cuánto por acariciarte los senos? ¿Tienes la intención de hacerlo esperar hasta que tengáis el certificado de matrimonio para dejar que se meta entre tus piernas?

Torre se quedó paralizado al contemplar la furia incandescente de los ojos de ella y le pilló por sorpresa la bofetada que le propinó. Su sonido lo hizo librarse de la locura que se había apoderado de él al ver a Orla junto a su coche. Mientras se llevaba la mano a la mejilla se dijo que probablemente necesitaba esa bofetada para recuperar la cordura.

—A pesar de tu frágil apariencia, pegas fuerte —afirmó, avergonzado al darse cuenta de que había ido demasiado lejos.

Orla estaba tan pálida que pensó que iba a desmayarse, por lo que extendido los brazos para agarrarla. Ella se estremeció y lo miró asustada.

—Perdona, lo siento. No me puedo creer que te haya pegado —se llevó la mano a la boca. Tenía los ojos muy abiertos a causa del miedo y jadeaba—. No debiera haberlo hecho. No soy mejor que él...

—¿Que quién?

—Perdóname —repitió ella en un susurro. Torre pensó que podía estar fingiendo esa extraña reacción para ganarse su simpatía, pero temblaba y la gama de emociones que le atravesaba el rostro no podía ser falsa.

—Me ha estado bien empleado —afirmó él.

Al ver sus ojos empañados de lágrimas sintió una emoción desconocida que, si la hubiera analizado, cosa que no hizo, podría haber calificado de ternura.

—Orla, ¿de qué tienes miedo?

En vez de contestarle, ella se giró y Torre oyó el golpe al chocar su rodilla con el borde de la silla.

—Ve más despacio —le ordenó él mientras ella atravesaba la estancia a toda prisa. La alcanzó cuando ya había agarrado el picaporte de la puerta. Le puso la mano en el hombro y ella lanzó un débil grito, como el de un animal dolorido, al tiempo que apoyaba la espalda en la puerta.

–No, por favor, David. No...

Capítulo 4

ORLA oyó que Torre lanzaba una maldición. Torre, no David. Se estremeció mientras la imagen de su exesposo, con la mano levantada para pegarle, desaparecía de su mente. Se mordió los labios. Esperaba no haber gritado su nombre. Durante unos segundos había sentido el mismo miedo que cuando David la había acorralado en el cuarto de baño, después de haber echado el pestillo a la puerta. Disfrutaba tanto de su terror como de agredirla físicamente.

Diez meses antes había prometido quererla y protegerla, pero, en su opinión, era una inútil a la que le estaba bien empleado lo que le pasaba.

Nadie se merecía que lo agredieran física o verbalmente. Orla recordó que eso le había dicho la enfermera que la había atendido cuando le explicó que el corte en la ceja se debía a una caída. La enfermera había insistido en que la violencia no tenía excusa al tiempo que entregaba a Orla un folleto sobre una casa protegida para mujeres.

Orla miró a Torre y gimió al ver la marca que su mano le había dejado en el rostro. Ella no era mejor que David. Su furia no excusaba su comportamiento. Avergonzada, tuvo ganas de llorar porque su desas-

troso matrimonio la había convertido en alguien que
no reconocía.

No le extrañaría que Torre le devolviera la bofetada. Cerró los ojos con fuerza esperándola. Pero él
no hizo nada y, cuando volvió a abrirlos, vio que la
miraba con una expresión indefinible.

Él volvió a lanzar un juramento, pero no había
agresividad en su voz.

–¿Me tienes miedo? –ella observó que había incredulidad y rabia en su mirada, pero tuvo la sensación de que la rabia no iba dirigida contra ella–.
¿Qué crees que voy a hacerte, *piccola*?

Torre hablaba en voz baja, como si no quisiera
asustarla más. Orla sabía que *piccola* significaba
«pequeña», y se vino abajo. Rompió a llorar sin poder evitarlo.

No sabía qué contestar a Torre. Se odiaba por haberse desmoronado ante él, pero seguía llorando, por
lo que se tapó el rostro con las manos para que, al
menos, no viera sus lágrimas.

Se puso tensa cuando él le pasó un brazo por la
cintura y el otro por detrás de las rodillas para le-
vantarla y llevarla a un sofá que había bajo la ventana.

–Suéltame –ella forcejeó para que la dejase en el
suelo, pero él se sentó y se la acomodó en el regazo,
agarrándola con firmeza, pero sin fuerza. Notó que,
por increíble que pareciera, le acariciaba el cabello,
y su inesperada ternura incrementó su llanto.

No se explicaba por qué se sentía segura en brazos de Torre. Los latidos de su corazón, que oyó al
apoyar la cabeza en su pecho, la calmaron. Poco a

poco, el pánico fue desapareciendo y respiró tembloroso cuando la tormenta hubo pasado.

Se secó las lágrimas con la mano y miró a Torre, cuyo rostro estaba, para su gusto, demasiado cerca del suyo.

–¿Te encuentras mejor?

–Sí, gracias.

–¿Quieres hablar de ello?

–No.

¿Hablar de la crueldad de su exesposo o de la vergüenza de haber abofeteado a Torre? No quería hablar de ninguna de las dos cosas. Intentó levantarse, pero él aumentó la presión de sus brazos en torno a ella, que no tenía fuerza, ni física ni mental, para otra pelea.

Así que siguió sentada en su regazo, casi incapaz de creer que Torre la estuviera abrazando como si fuera a romperse, como si no le acabara de decir un montón de cosas horribles y de haberla acusado de estar engañando a Jules.

Jules nunca le había dado muestras de que quisiera algo más que la agradable amistad que compartían. Sin embargo, Orla se mordió el labio inferior al recordar su extraño comportamiento desde que habían llegado a Amalfi y lo incómoda que la había hecho sentir su actitud posesiva.

Volvió a desear no haber ido a Villa Romano. La fiesta del día siguiente despertaría en ella recuerdos de la de ocho años antes, en la que había conocido a Torre y creído que se había enamorado de él.

–Después de la fiesta de cumpleaños, Giuseppe se irá de crucero –murmuró Torre–. Un cambio de aires le hará bien. Mi padre cree que es indestructible, pero ha sufrido una grave neumonía, por lo que es hora de que se tome las cosas con más calma.

–¿Adónde irá? –preguntó ella, agradecida porque él hubiese cambiado de tema sin insistir en que le dijera lo que le había sucedido.

–A varias islas del Caribe: Jamaica, Barbados y Grenada.

–Es una zona muy bonita.

–¿Has estado en el Caribe?

–Fui de vacaciones a Antigua –no le explicó que allí había pasado la luna de miel y que había comenzado a observar otras facetas del carácter de su esposo.

David la había acusado de flirtear con uno de los camareros del hotel y habían discutido hasta que él se había marchado hecho una furia. Tardó horas en volver y, cuando lo hizo, ella, muy preocupada, se disculpó sin saber por qué, ya que no había hecho nada malo. Fue el comienzo de diez terribles meses.

–¿Estás aquí, Orla?

La voz de Torre la devolvió al presente. Seguía con la mejilla apoyada en su pecho y percibió el calor de su cuerpo. Y el deseo comenzó a apoderarse de ella lentamente.

–Sí, sigo aquí –murmuró.

–Ya me doy cuenta –observó él en tono seco. Hinchó el pecho como si le costara respirar, pero su voz siguió siendo tranquila–. Giuseppe estará fuera seis semanas, lo cual es una oportunidad para hacer obras en Villa Romano.

–¿Qué clase de obras?

–Hay un problema con los cimientos. Varios de los árboles más cercanos a la casa son tan antiguos como ella y sus raíces absorben toda la humedad del suelo. Para que lo entiendas, la casa se va hundiendo a medida que lo hace el terreno en el que está construida.

–El hundimiento es un problema grave, sobre todo en edificios antiguos. Apuntalar los cimientos de una casa tan grande será complicado.

–Me sorprende que sepas de ese tema.

Orla estuvo tentada de decirle que había hecho tres cursos de los cuatro que tenía la carrera de Ingeniería Civil. Pero él le preguntaría por qué no se había licenciado y a ella le avergonzaría decirle que había dejado de estudiar por un hombre al que creía querer, pero que convirtió su vida en un infierno.

Por suerte, Torre no le hizo más preguntas, aunque siguió mirándola. De pronto, Orla dejó de sentirse relajada al notar que los latidos del corazón masculino se aceleraban al tiempo que lo hacía el pulso de ella.

Se dio cuenta de que estaba en peligro, no por causa de Torre, sino por cómo reaccionaba involuntariamente ante él. Tenía los ojos fijos en la piel que dejaban al descubierto los botones superiores de la camisa, que estaban desabrochados. La situación adoptó un carácter onírico.

Sin saber bien lo que hacía, Orla puso la mano en su piel. Él no hizo nada para detenerla cuando ella le acarició la garganta y la mandíbula. Totalmente absorta, siguió su exploración recorriendo el contorno de sus labios con la punta de los dedos. No le parecía real estar sentada en el regazo de Torre, apretada contra su cuerpo musculoso. Y si no era real, si se trataba de otra de sus ensoñaciones como las de los últimos ocho años, no importaría que ella situara su boca bajo la de él invitándole descaradamente a besarla.

El fiero sonido que él emitió viajó por su interior hasta situarse entre sus muslos. Y el húmedo calor que experimentó le produjo una inmensa alegría, ya que David no había conseguido destruir su feminidad, como se temía. Sintió un intenso deseo que nunca había experimentado por su exesposo, ni siquiera al principio de su relación, cuando se había mostrado encantador.

–Me vuelves loco –afirmó Torre, antes de besarla lenta y profundamente, de una forma tan erótica que aumentó el fuego que sentía Orla.

Torre le introdujo la lengua entre los labios y ella fue a su encuentro con la suya con una pasión similar. Sabía que la deseaba. Sentía la dureza de su excitación en las nalgas. No existía nada ni nadie más que Torre y el fuego que la consumía, por lo que hizo fuerza con las nalgas hacia abajo y él gimió.

–Supe que eras una bruja desde el momento en que te vi –dijo él con voz ronca.

Sus palabras la hicieron salir del aturdimiento sensual en que se hallaba y volver a la realidad. Torre le había dejado muy claro que la despreciaba, pero eso no le había impedido lanzarse a sus brazos como la mujerzuela que él creía que era.

Separó su boca de la de él con gran esfuerzo, ya que su cuerpo deseaba apoyarse en su fuerza y arder en su fuego. Pero ya no tenía dieciocho años como cuando lo conoció.

Torre le había partido el corazón y ella había tardado mucho tiempo en superarlo. Se había casado con David poco después de enterarse que Torre iba a hacerlo con la hija de un conde. Pero solo mientras se levantaba del regazo de Torre se dio cuenta de la relación entre ambos hechos.

Reprimió su desilusión al ver que él no la detenía. Se preguntó si, además de estúpida, también era masoquista. La había hecho sufrir y podía volver a hacerlo, no físicamente, ya que sabía que Torre nunca usaría su fuerza contra alguien más débil. Pero ella no solo le había entregado su virginidad ocho años antes, sino su alma y su corazón, y no había olvidado sus mordaces palabras de rechazo.

—No debiéramos haberlo hecho —estaba avergonzada y confusa por su forma de reaccionar ante él.

Después de David, era comprensible que se hubiera mostrado precavida con los hombres. Sin embargo, Torre había derribado sus defensas, pero porque ella había querido, porque lo deseaba tanto como cuando era una inocente joven de dieciocho años, porque sabía que la pasión entre ambos era electrizante.

El orgullo era su única defensa contra él.

—No tenías derecho a besarme —dijo enfadada.

—Ha sido al revés. Tú me has besado —afirmó él sonriendo.

Ella no pudo descifrar la expresión de sus ojos, pero, mientras lloraba en sus brazos, le había parecido que era compasión.

No quería su compasión. Avergonzada, dio media vuelta y se dirigió a la puerta con la cabeza muy alta al tiempo que oía la suave risa de Torre a su espalda.

Torre estuvo tentado de ir tras ella. No entendía de dónde procedía el deseo que experimentaba de protegerla y de volver a abrazarla. Se dijo que las mujeres como Orla y su madre no necesitaban protección.

Orla ya cargaba con un divorcio. Era fácil entender por qué Jules se había enamorado de su belleza etérea, pero su naturaleza dulce y su vulnerabilidad eran fingidas, ¿o no?

Se acercó a la ventana, inquieto. Ocho años antes, la química entre Orla y él había sido inmensa, pero las emociones de Torre se habían complicado al llevársela a la cama y comprobar la generosidad y disposición de ella a complacerlo.

Le había entregado su virginidad, lo que había hecho que se sintiera el rey del mundo.

A la mañana siguiente, al descubrir quién era, la había acusado de ser una cazafortunas como su madre, porque buscaba una excusa para alejarla de él.

Se había asustado al comprobar cómo ella había minado su control de sí mismo. Al ver los pendientes de su madre en el bolso de Orla, a pesar de sus explicaciones, había preferido creer que era una mercenaria como Kimberly. ¿Por qué otro motivo, que no fuera el de que él le pusiera un anillo en el dedo, le iba a haber entregado su virginidad?

No la había detenido cuando ella se fue de su habitación a toda prisa. Más tarde, Giuseppe le dijo que se había marchado de Amalfi ese mismo día.

El hecho de que, unos instantes antes, Orla le hubiera mostrado su cara vulnerable al derrumbarse emocionalmente no implicaba que se hubiera equivocado ocho años atrás. Frunció el ceño al recordar la expresión de miedo en los ojos de ella cuando la había seguido después de que lo hubiera abofeteado. Era evidente que esperaba que le devolviera la bofetada, lo cual indicaba que alguien la había tratado con violencia en el pasado.

Volvió al escritorio y agarró el currículo de Orla. El sentido común le sugería que, después de la fiesta de cumpleaños de Giuseppe, no había motivo alguno para seguir estando en contacto con ella. Pero había insistido en que quería trabajar, y si él le ofrecía un empleo, tendría la oportunidad de averiguar si solo quería ser amiga de su hermanastro o si planeaba que fuera su siguiente esposo.

Sería interesante descubrir quién era la verdadera Orla Brogan.

Capítulo 5

ORLA salió de la piscina y se dirigió hacia donde estaba Jules, que tomaba el sol en una tumbona. Normalmente, nadar le despejaba la cabeza, pero, a pesar de los innumerables largos que se había hecho, Torre seguía dominando sus pensamientos.

Desplazó una tumbona hasta ponerla debajo de una sombrilla.

—Giuseppe me dijo, hace unos años, que Torre se iba a casar —dijo a Jules, en tono fingidamente despreocupado—. ¿Por qué no se casó con su prometida?

Jules dejó el libro que estaba leyendo.

—Se había prometido a una hermosa italiana, Marisa Valetti, pero ella anuló la boda. Torre no dijo por qué y creo que no lo ha superado. Giuseppe insiste en que busque esposa y le dé un heredero, pero, a pesar de que tiene muchas amantes, parece que no le interesa sentar la cabeza.

Al cabo de unos segundos, Jules vaciló antes de preguntarle:

—¿Hubo algo entre Torre y tú hace años?

—¿A qué te refieres?

Él se encogió de hombros.

–He notado que no ha dejado de mirarte en la comida, como si le interesaras.

Orla titubeó porque no sabía si Torre le había contado a su hermanastro cómo se había comportado ella cuando conoció a Torre. Pero era evidente que Jules no sabía nada.

Jules estaba siendo el de siempre esa tarde y no había dado muestras de estar enamorado de ella. Era Torre el que le había metido la idea en la cabeza, probablemente porque quería destruir su amistad con Jules.

–Hace ocho años, Torre acusó a mi madre de ser una cazafortunas que se había casado con su padre por dinero, y su opinión sobre mí no era mejor.

–¿Por qué pensó mal de ti? Tú no influías en el comportamiento de tu madre.

–Supongo que por ser madre e hija.

Orla se había preguntado a menudo por qué se había enfurecido Torre al enterarse de que era hija de Kimberly. Le asaltaron los recuerdos y no intentó detenerlos. Se estiró en la tumbona y sus pensamientos volaron al día en que se habían conocido.

Torre le tendió la mano. Era tan alto que Orla tuvo que levantar la cabeza para mirarlo.

–Creo que no nos conocemos. Soy Torre Romano.

Se estrecharon la mano y ella observó la palidez de sus dedos en comparación con la piel dorada de él. Su bronceado sugería que pasaba mucho tiempo al aire libre. Su anchura de hombros y la definida musculatura de su pecho y abdomen, visible a través

de la fina camisa de seda, eran otra señal de que hacía mucho ejercicio. Orla recordó que Kimberly le
había dicho que era ingeniero de caminos.

–¿Y tú eres...? –preguntó él sin soltarle la mano.

–Orla Brogan

–Orla –musitó él–. Creo que eres inglesa, pero
nunca había oído ese nombre.

–Mi abuela era irlandesa y mi padre me puso su
nombre.

Orla se ruborizó por su torpeza. No sabía por qué
le había contado ese detalle personal. Su nombre era
un vínculo precioso con el hombre al que más había
querido.

–Hablas de tu padre en pasado. ¿Quiere eso decir
que...?

–Murió cuando era una niña.

–Entiendo lo que se siente al perder a un progeni-
tor. Mi madre murió cuando yo tenía seis años de
edad.

Ella notó que él se había quedado sorprendido por
haberle contado que había perdido a su madre, pero
Torre volvió a sonreír.

–Tu padre te puso un nombre muy hermoso. Es
casi tan hermoso como tú.

¿Flirteaba con ella? No supo qué responderle. No
iba preparada para conocer a un hombre como Torre,
tan increíblemente guapo, sexy y seguro de sí mismo.
Estaba a años luz de los pocos chicos con los que
había salido.

Sabía que, con casi diecinueve años y aún virgen,
iba retrasada con respecto a la mayoría de sus amigas, pero había tenido una infancia inestable, de

viaje constantemente por Europa detrás de los amantes de su madre.

Orla estaba decidida a no depender de un hombre,
como su madre, y se había centrado en sus estudios,
por lo que no tenía tiempo ni ganas de salir con chicos.

Sin embargo, Torre la había abrumado. Había despertado en ella un anhelo que no entendía, pero que
la asustaba por su intensidad. Trató de soltarse de su
mano, pero él se la apretó un poco más al tiempo que
le acariciaba la muñeca con el pulgar.

—Tu copa está vacía. ¿Te traigo otra?

—En realidad, iba a subir a mi habitación.

Él pareció sorprenderse.

—No sabía que estuvieras alojada en Villa Romano. ¿Cómo es que no te he visto antes?

—He llegado hoy y he estado muy ocupada aten-
diendo a Kimberly —desde la infancia, su madre le
había pedido que la llamara Kimberly.

La expresión de Torre se oscureció.

—Así que formas parte de su cortejo de ayudantes.
He tenido el placer de conocer a mi madrastra antes. Es
incomprensible que mi padre se haya casado con una
avariciosa mujerzuela como Kimberly Connaught. Es
evidente que ella lo ha hecho por dinero. Huelo a distancia a las cazafortunas —afirmó Torre con cinismo.

Orla vaciló, temerosa de que, si le decía que Kimberly era su madre, se sentiría violento por haber
sido tan grosero con ella. La verdad era que ella se
avergonzaba de su madre.

Torre le sonrió y Orla se olvidó de todo mientras lo
miraba y pensaba en lo increíblemente guapo que era.

–No te vayas –murmuró él–. ¿Quieres bailar?

La condujo a la terraza, a la que llegaba la música desde el interior. Ella dejó que la abrazara sin oponer resistencia y, cuando él la atrajo hacia sí, no pudo ocultar el temblor que la recorrió de arriba abajo.

Los ojos grises de Torre eran suaves como el humo mientras le murmuraba algo en italiano. Ella lo miró, incapaz de moverse ni de rechazarlo, cuando él inclinó la cabeza para besarla en la boca.

El beso fue distinto a tolo lo que ella conocía. Y allí, a la luz de la luna, bajo el cielo estrellado, Torre explotó en el corazón de Orla. No había otra forma de describir la intensa conexión que sintió con él.

Él separó la boca de la suya y sonrió al oír el gemido de protesta de ella.

–Creo que eres una bruja disfrazada de ángel –dijo con voz ronca–. ¿Quieres venir conmigo?

Orla ni siquiera le preguntó adónde la llevaba cuando se montaron en el coche de él y se alejaron de Villa Romano. La serpenteante carretera subía y subía. Torre detuvo el coche al llegar a una pintoresca y vieja granja que parecía colgar del borde del acantilado.

–Un día me construiré una villa moderna aquí –afirmó él cuando la tomó de la mano para conducirla al interior.

Sin embargo, ella apenas se fijó en lo que la rodeaba. Estaba deslumbrada por él, mareada por su belleza y sorprendida por su forma de reaccionar ante él. Por primera vez en su vida sentía el fuego del deseo.

Él debía de haber visto algo en sus ojos, una invitación, una necesidad, que se reflejaba en los suyos. Así que cuando la atrajo hacia sí, ella se apoyó en él y no puso objeción alguna cuando la tomó en brazos y la llevó a su dormitorio.

–Orla, ¿estás dormida? Quiero decirte algo.

La voz de Jules la devolvió al presente y abrió los ojos. Jules la miraba y parecía anormalmente tenso.

–¿El qué?

Él no contestó porque, en ese momento, apareció Giuseppe, acompañado de Torre, y se sentaron a una mesa de la terraza de la piscina. El corazón de Orla dejó de latir durante unos instantes cuando Torre la miró. Aunque llevaba gafas de sol, ella tuvo la sensación de que le examinaba el bañador y la desnudaba con la mirada.

De repente, fue muy consciente de su cuerpo. Sintió los senos pesados y no tuvo que mirárselos para notar que los pezones se le habían endurecido. No podía dejar de mirar a Torre y, de nuevo, la invadieron los recuerdos.

Había tomado prestado un vestido de su madre para la fiesta, después de que Kimberly le dijera que no podía ir en vaqueros. Orla había encontrado un vestido de tirantes, de seda verde oscura, que le llegaba justo por encima de la rodilla. Se había recogido el cabello en un moño y se había puesto sus bailarinas, después de negarse a llevar las sandalias de tacón alto que le había propuesto su madre. Esta también le había prestado unos pendientes de esmeraldas que le había regalado Giuseppe, pero Orla tenía tanto miedo de perder uno que se los había quitado y guardado en el bolso.

Nunca se había preocupado mucho de su aspecto, pero, cuando Torre la dejó en su dormitorio y la miró como si no creyera que fuera real, sintió que su femineidad había triunfado.

Él le bajó lentamente los tirantes del vestido y le desnudó los senos.

—Eres lo más bonito que he visto en mi vida —afirmó con voz ronca.

Ella tembló de deseo. Y cuando él le agarró los senos y le acarició los pezones con los pulgares, la sensación que experimentó la hizo estremecer.

—*Bellissima* —murmuró él, antes de agachar la cabeza y atrapar con los labios un pezón. El gritito que lanzó ella fue ahogado por los latidos de su corazón mientras se dirigían a la cama.

—Orla —la voz de Jules volvió a sacarla de sus pensamientos—. Tendrá que esperar hasta más tarde —masculló.

Ella frunció el ceño.

—¿El qué?

—La conversación que esperaba mantener contigo. ¿Te encuentras bien? Estás muy sofocada.

Orla estaba ardiendo porque los recuerdos de la noche que había pasado con Torre se enfrentaban a la realidad de tenerlo sentado a unos metros de ella.

–Tengo calor –dijo al tiempo que se levantaba de la tumbona–. Voy a bañarme otra vez.

Corrió hacia la piscina y se zambulló. El agua estaba fría, lo cual agradeció mientras hacía largo tras largo para aliviar el vergonzoso deseo que hacía que le dolieran todos los músculos del cuerpo.

Exhausta, hizo el muerto durante un rato con la esperanza de que Torre se fuera. Pero, al salir de la piscina, se le cayó el alma a los pies al ver que Jules se había sentado a la mesa de Giuseppe y su hermanastro.

Sería una grosería no sentarse con ellos. Se envolvió en una toalla y se dirigió hacia la mesa. Por desgracia, la única silla libre estaba al lado de la de Torre, y Jules y Giuseppe estaban hablando.

–Pareces un pececillo –murmuró Torre cuando ella se hubo sentado.

–¿Te refieres a que tengo la piel cubierta de escamas?

Él le dedicó una sonrisa torcida, como si sonriera contra su voluntad.

–Sabes que no me refería a eso. Tu piel es suave como la seda –extendió el brazo y le acarició el muslo. Apenas fue un roce, que duró unos segundos, pero Orla no pudo evitar que un traicionero temblor la recorriera de arriba abajo.

Miró a Jules y Giuseppe. No había motivo alguno para sentirse aliviada porque no se hubieran dado cuenta de lo que acababa de suceder, ya que, en realidad, no había sucedido nada. Torre la provocaba porque sabía que obtendría una reacción por parte de ella. Por suerte, la toalla ocultaba sus pezones endurecidos.

–Nadas con fuerza, a pesar de tu constitución ligera –comentó él.

–Cuando era más joven, fui miembro del un club de natación y participé en campeonatos locales y nacionales. Me hubiera encantado seguir entrenando y haber competido en las Olimpiadas.

–¿Por qué no lo hiciste? –preguntó él con curiosidad genuina.

Ella se encogió de hombros.

–El esposo que, por aquel entonces, tenía mi madre poseía una piscina cubierta en su casa, que era donde me entrenaba. Pero después de que Kimberly dejara a Roger Connaught por un amante español, nos mudamos a Madrid y, después, tuvo otro amante, no recuerdo dónde. No pude volver a formar parte de un club porque no parábamos de trasladarnos.

–¿Cómo está tu madre? –preguntó Giuseppe, que había dejado de hablar con Jules y había oído el comentario de Orla–. Me sorprende no haber visto fotos suyas ni haber leído nada sobre ella en los periódicos últimamente.

Orla pensó en la última vez que había visto a su madre en el hospital de Chicago. Estaba en los huesos, después del infarto cerebral que había sufrido. Orla nunca se había sentido cercana a Kimberly, pero su situación la apenaba.

Las facturas del hospital no dejaban de aumentar. Sin embargo, Orla no quería reconocer delante de Torre que su madre se había gastado todo el dinero que había sacado del divorcio de Giuseppe. Tampoco iba a pedirle dinero a este para los gastos médicos. Su esperanza de que Giuseppe le ofreciera trabajo se había evaporado al ser Torre el nuevo presidente de ARC.

—Kimberly está en Estados Unidos.

Giuseppe desvió la mirada de ella hacia su hijo.

—Torre, sé que el puesto que había solicitado Orla ya está cubierto ¿No hay otro en la empresa que pueda ocupar?

—De hecho, lo hay.

Orla giró la cabeza para mirar a Torre al tiempo que se decía que no debía hacerse esperanzas.

—Ese puesto es temporal, pero yo lo consideraría un periodo de prueba y, si trabajas bien, tal vez pueda ofrecerte un puesto fijo en ARC —dijo Torre a Orla—. Serás mi secretaria y tu primer cometido será acompañarme a Dubai en viaje de negocios.

—No me digas que no tienes secretaria —dijo ella intentando ocultar su desilusión, a pesar de que sabía que la oferta de Torre no iba en serio.

—Tengo una excelente secretaria que se llama Elaine, inglesa como tú. Trabaja en la sede de la empresa en Roma, pero tiene un hijo de cinco años y una esposo italiano, por lo que, por contrato, no viaja al extranjero conmigo.

Torre siguió dándole explicaciones.

—También tengo un ayudante, Renzo, que trabaja en la oficina de Nápoles y me acompaña cuando voy a ver obras en Italia o en el extranjero. En su tiempo libre, hace ciclismo. Hace poco se cayó de la bici y sufrió múltiples fracturas, por lo que estará dos meses de baja.

Torre hizo una pausa y prosiguió.

—El viaje a Dubai es, básicamente, para acudir a la

inauguración del rascacielos que ha construido allí ARC. Será un acontecimiento que cubrirá la prensa de todo el mundo, y preveo que me brindará la oportunidad de promocionar la empresa y conseguir nuevos encargos. Tu experiencia de secretaria del director de una constructora será útil, y ya has demostrado que entiendes bien la industria de la construcción.

Orla escrutó el rostro de Torre en busca de señales de que se estaba divirtiendo dándole esperanzas, y se preguntó si habría notado el pánico de ella al darse cuenta de que hablaba en serio.

–Volaremos mañana. Necesitas un vestido de noche para ir a la fiesta, pero puedes comprarlo, además de todo lo que precises, cuando lleguemos a Dubai. Durante el viaje, te informaré de todo lo que debas saber –enarcó las cejas al ver que ella lo miraba aturdida y sin decir nada.

Quería preguntarle por qué le daba una oportunidad cuando sabía que la habían despedido de su trabajo anterior, pero tenía la lengua pegada al paladar. Presentía que Torre tenía un motivo oculto.

–Supongo que querrás saber lo que te voy a pagar –añadió él en tono seco–. Cobrarás lo mismo que Renzo.

Cuando dijo la cifra, a Orla le entraron ganas de bailar. Era mucho más de lo que había ganado en su vida y, aunque el trabajo solo era para dos meses, le permitiría pagar parte de los gastos médicos de Kimberly.

Su alivio disminuyó al pensar que trabajar como secretaria de Torre implicaría pasar mucho tiempo juntos.

¿Cómo iba a poder soportar verlo diariamente? Tendría que ocultar el deseo que le provocaba, se dijo muy desasosegada, y solo se dio cuenta de que se había estado mordiendo el labio inferior cuando sintió el sabor de la sangre en la boca.

–¿Dónde trabajará Orla después del viaje a Dubai? –la voz de Jules atrajo su atención y se preguntó por qué fruncía el ceño.

–En la oficina de Nápoles –contestó Torre sin dejar de mirar a Orla–. Pero tengo que hacer varios viajes al extranjero antes de asumir los cargos de presidente y consejero delegado de la empresa y tendrás que acompañarme. ¿Algún problema?

El problema era Torre; mejor dicho, cómo reaccionaba ante él. El corazón le retumbaba en el pecho simplemente por estar sentada a su lado. Sin embargo, estaba resuelta a pasar por alto la atracción que sentía hacia él. No podía rechazar su oferta de empleo, sobre todo si había la posibilidad de que se transformara en un puesto fijo.

En su trabajo anterior había faltado mucho para ir a visitar a su madre cuando su vida corría peligro, después del infarto cerebral. Al principio, su jefe se había mostrado comprensivo, pero sus prolongadas ausencias habían ocasionado problemas a la empresa, por lo que no le sorprendió que la acabaran despidiendo.

Miró a Torre a los ojos.

–Ningún problema –contestó con una calma que no sentía–. Te agradezco la oferta de empleo y te aseguro que no te fallaré.

–Más te vale –afirmó él en voz baja.

A ella le pareció que su tono había sido amenazador y pensó que se había metido en la boca del lobo.

Durante unos segundos, tuvo la urgente y cobarde tentación de desdecirse.

Observó como Torre ayudaba a levantarse a Giuseppe y que ambos volvían a la casa. Giuseppe aún estaba débil, debido a su reciente enfermedad. Era evidente que Torre quería a su padre y deseaba protegerlo.

Orla reconocía que su madre se había casado con Giuseppe por dinero y que había conseguido una fortuna al divorciarse de él, que había dilapidado por su tren de vida. Pero, ahora, Kimberly se pasaría el resto de la vida en una silla de ruedas si no recibía tratamiento para volver a andar. Orla estaba dispuesta a ayudarla por todos los medios.

—No tienes que trabajar para Torre —dijo Jules, con una voz extrañamente tensa, cuando volvieron a estar solos.

Orla se encogió de hombros para indicar que no tenía otro remedio.

—Sabes que necesito dinero para pagar los gastos médicos de mi madre y que no he podido hallar empleo desde que me despidieron. ¿Cómo no voy a aceptar el trabajo temporal que me ofrece Torre?

Se quedó atónita cuando Jules le tomó la mano.

—Sé que probablemente me esté precipitando, pero podrías casarte conmigo y no tendrías que volver a preocuparte del dinero.

Capítulo 6

TORRE halló a Orla en la terraza, desde donde llegaban atenuados la música y las voces de los invitados a la fiesta, que salían por las puertas que daban al jardín. Estaba sola al lado de la barandilla. Llevaba un vestido de chifón gris plata que realzaba su etérea belleza. El cabello le caía sobre la espalda como un río de seda y, a la luz de la luna, sus brazos y hombros, salvo por los tirantes del vestido, parecían hechos de porcelana.

Durante la fiesta de cumpleaños de su padre, Torre había charlado con sus numerosos parientes y otros invitados, pero no recordaba ninguna conversación, ya que solo había prestado atención a Orla.

Al verla bailar con otros hombres había estado a punto de estallar, y, cuando lo hizo con Fabio, su guapo primo, tuvo que contenerse para no cruzar la pista de baile y arrancársela de los brazos. Cada vez que Fabio deslizaba la mano desde el final de la espalda hasta sus nalgas, Torre se sentía posesivo, como si ella le perteneciera.

Por suerte, la fiesta se iba apagando. Los pocos invitados que quedaban iban a alojarse en Villa Romano. Giuseppe había ido a acostarse, lo que permitió a Torre ir a buscar a Orla.

Sus zapatos italianos, hechos a mano, no hicieron ruido alguno en el suelo de piedra de la terraza, pero ella volvió la cabeza cuando se le acercó, como si un sexto sentido la hubiera alertado de su presencia. Se le encogió el estómago al ver el brillo de las lágrimas en su rostro.

–¿Estás llorando, Orla? ¿No te parece un poco melodramático? –preguntó, enfadado por la urgente necesidad que sentía de atraerla hacia sí para simplemente abrazarla.

Le había resultado más sencillo no hacer caso de su maldito deseo de ella cuando creía que era una mercenaria como su madre. Pero ya no sabía qué pensar de ella, porque creía que tal vez la hubiera juzgado mal.

–No quieres casarte con Jules, así que ¿a qué vienen esas lágrimas?

Ella se puso rígida cuando se situó a su lado y lo miró airada.

¿Cómo sabes que Jules me ha pedido matrimonio? ¿Te lo ha dicho?

–No, pero algo ha tenido que pasar para que se haya perdido la fiesta de Giuseppe y se haya vuelto a Londres a toda prisa, supuestamente por un motivo urgente, pero no especificado. Giuseppe me había comentado, antes de que llegarais, que Jules estaba loco por ti. Creo que Jules te ha propuesto matrimonio después de ofrecerte el puesto de secretaria, lo que te apartaría de Inglaterra y de él.

–Me siento fatal.

Torre no sabía si aquel despliegue emotivo era fingido, si era muy buena actriz, o si de verdad se sentía mal a causa de lo sucedido con Jules. La idea despertó en él el desconocido sentimiento de los celos.

–Te juro que no sabía que Jules estuviera enamorado de mí. Creía que solo éramos amigos. Y antes de que hagas otro de tus desagradables comentarios, yo no le di falsas esperanzas.

Torre se encogió de hombros.

–Reconozco que creía que aceptarías su proposición de matrimonio. Si lo hubieras hecho, le habría contado que te acostaste conmigo hace ocho años, que nos hemos besado antes y que es evidente que sigue habiendo mucha química entre nosotros.

La brillante luz de la luna le permitió observar que ella se ruborizaba.

–No hay nada entre nosotros salvo mutua aversión. ¿Por qué te caigo tan mal, Torre? Mi único delito fue hacer el amor contigo, y nadie lo lamenta tanto como yo. Pero era joven e ingenua y tú... –se interrumpió y se mordió el labio inferior.

Él se imaginó que la besaba y que le calmaba el labio dolorido con la lengua.

–Me deslumbraste –concluyó ella.

Torre apartó de su mente la idea de que Orla le había causado la misma impresión al verla al lado de su coche ese día.

–No negaré que eras físicamente inocente –observó con dureza–. Pero sabías lo que hacías cuando me elegiste como tu primer amante, aunque te arriesgaste al no decirme que eras virgen.

–¿En qué sentido me arriesgué?

–Lamento no haber sido tan cuidadoso como hubiera debido, al ser tu primera vez. En mi defensa puedo alegar que dejaste que creyera que tenías experiencia sexual. Pero usaste tu virginidad como moneda de cambio, ya que eras tan manipuladora como tu madre.

La idea de que estuviera equivocado le resultaba inaceptable, ya que, entonces, su comportamiento con ella hubiera resultado imperdonable.

–¡Tenía dieciocho años! Me acosté contigo porque era una estúpida, pero no te obligué a tener relaciones sexuales conmigo. Tú no fuiste una víctima ni yo la intrigante que pensabas. Si fuera una cazafortunas, habría aceptado casarme con Jules. Y, para serte sincera, haberlo hecho me hubiera ahorrado un montón de problemas. El hecho de haber rechazado su proposición, ¿no demuestra que no merezco tu desprecio?

Él se encogió de hombros.

–Tal vez lo hayas rechazado porque tienes la mira puesta en alguien más rico: en mí.

–Ah, no –dijo ella con voz fría–. No me casaría contigo aunque me fuera la vida en ello.

Ella fue a pasar a su lado para marcharse, pero él se lo impidió y la atrapó contra la balaustrada de piedra. Torre se preguntó por qué se comportaba de una forma tan impropia de él, que sabía controlar férreamente sus emociones, un rasgo que creía que derivaba de la pérdida de su madre, a la que adoraba.

Torre se controlaba en todas las situaciones, salvo cuando estaba con Orla. En su presencia, no pensaba con claridad y, lo que era aún peor, le daba todo igual salvo la necesidad de apagar su deseo de ella, que lo hacía temblar y ser menos hombre de lo que quería.

–Supongo que tu exesposo lamenta el caro error que cometió al casarse contigo.

Ella se puso tensa y, durante unos segundos, él observó la misma expresión angustiada en su rostro que había visto en la biblioteca al mencionar a David. Pero, ¿por qué iba a tener miedo de David Keegan? A Torre no le gustaba el críquet, pero sabía que David era una leyenda deportiva en Inglaterra, así como un personaje televisivo muy popular que se servía de su estatus de persona famosa para recaudar dinero para distintas ONGs.

Torre no se movió cuando ella le puso las manos en el pecho para empujarlo y poder pasar.

–¿Qué ha ocurrido hoy en la biblioteca? –preguntó–. Como es natural, no me ha gustado que me dieras una bofetada, pero has reaccionado como si temieras que te la fuera a devolver. Te aseguro que nunca pegaría a una mujer, por mucho que me provocara.

Ella se volvió a morder el labio inferior y, esa vez, él no pudo evitar pasarle el pulgar por donde se había mordido. Notó el leve temblor de su boca y oyó que contenía la respiración. La tentación de besarla era abrumadora, pero no conseguía olvidar su mirada de terror en la biblioteca.

Torre frunció el ceño.

–¿Era tu marido violento contigo? Parecía que te asustaba.

–No voy a hablar de mi matrimonio contigo –murmuró ella. Después alzó la voz, pero le tembló al añadir–: No tengo por qué aguantar que me interrogues.

Emitió un gemido de frustración cuando volvió a intentar pasar y él utilizó de nuevo su cuerpo como barricada.

—Sabía que no decías en serio lo de contratarme de secretaria. Acabas de reconocer que me has ofrecido el empleo para obligar a Jules a confesarme que deseaba algo más conmigo que una mera amistad. Pobre Jules —susurró—. Se ha marchado a toda prisa después de que lo haya rechazado, pero creo que debo ir a verle para decirle que, aunque no esté enamorada de él, quiero tenerlo como amigo.

—No quiere ser tu amigo. Y, si decides casarte con él para aliviar tu sentimiento de culpa, a la larga le harás más daño. No podrás ocultarle que te aburre. Y en algún momento, tú y yo seremos amantes, por lo que Jules se sentirá aún más desgraciado de lo que se siente ahora.

Los ojos de Orla centellearon de ira.

—Eres un canalla arrogante. Te acabo de decir que no voy a aceptar la proposición de Jules. Y en cuanto a volver a hacer el amor contigo, puedes esperar sentado.

Torre tuvo la tentación de demostrarle que se equivocaba. Ella lo miraba con los ojos muy abiertos, respirando deprisa, como si hubiera estado corriendo o a horcajadas sobre él haciéndole el amor.

La imagen de su esbelto cuerpo arqueado sobre él tuvo un efecto predecible. Su excitación fue instantánea y dolorosa, lo que lo enfureció porque volvía a demostrar su debilidad con respecto a ella.

Sabía que él mismo no era un ángel. Había tenido innumerables amantes y un compromiso fallido con la dulce Marisa, quien, afortunadamente, se había casado con un hombre mucho mejor que él.

–No sé cómo convencerte de que no soy como mi madre –dijo Orla con fiereza–. Valoro mi independencia y por eso tengo que volver a Londres para seguir buscando trabajo.

–Mi oferta laboral va en serio. Ya he hablado con Recursos Humanos y te han hecho un contrato. Ven conmigo a firmarlo ahora, antes de irnos a Ravello. Han llevado tu equipaje a mi casa después de que te cambiaras para la fiesta de Giuseppe –explicó él antes de acompañarla al interior de la casa y a la biblioteca.

Sacó el contrato de un cajón del escritorio y la observó mientras ella lo leía por encima, antes de firmarlo. Por primera vez desde que Orla había llegado a Amalfi, Torre creyó que volvía a dominar la situación y sintió la satisfacción de saber que, durante los dos meses siguientes, ella estaría a sus órdenes.

Torre había levantado la capota del coche y una suave brisa ondulaba el cabello de Orla mientras recorrían la carretera que conducía de la costa a Ravello. Ella había leído en una guía turística que la pintoresca ciudad se hallaba a más de trescientos metros sobre el nivel del mar. Cada vez que el coche tomaba una curva, divisaba el agua y la luna reflejada en ella, y su serena belleza la ayudó a tranquilizarse.

La propuesta de Jules había sido totalmente inesperada. Se sentía culpable por haber malinterpretado la relación entre ambos Ni siquiera su extraño comportamiento desde que habían llegado a Villa Romano la había preparado para la sorpresa que le había producido su propuesta de matrimonio. Detestaba haber herido sus sentimientos.

Se sintió furiosa al recordar que Torre se había burlado de ella diciéndole que llegarían a ser amantes. Lo miró y examinó su hermoso perfil.

Era indudable que estaba acostumbrado a que le bastara chasquear los dedos para tener a cualquier mujer que deseara. Pero se juró que a ella no la tendría. No repetiría el error que había cometido a los dieciocho años, a pesar de que lo deseara.

Torre giró la cabeza hacia ella, que se sonrojó al verse descubierta mirándolo. Él esbozó una de sus deslumbrantes sonrisas, cuando ella volvió la cabeza bruscamente, y se rio como si se hubiera dado cuenta de su confusión.

¿Cómo podía estarle sucediendo lo mismo de nuevo? Ocho años antes había hecho exactamente el mismo viaje de Villa Romano a la casa de Torre en Ravello. Había sido la última noche de su inocencia, no solo porque le hubiera entregado su virginidad, sino porque dejó de creer en los cuentos de hadas. Abandonó, avergonzada, su casa y, de milagro, halló una parada de autobús justo cuando pasaba uno que se dirigía a Amalfi.

Sentada en el autobús, consciente de las miradas de curiosidad que le dirigían los demás pasajeros, se dijo que había aprendido una valiosa lección: las princesas de los cuentos tenían que aprender a cuidar de sí mismas en vez de confiar en hallar a un príncipe. En realidad, había madurado, reconoció ella suspirando, mientras recorría con los dedos la cadena de oro que llevaba colgada al cuello, regalo de su padre.

Adoraba a Liam Brogan, y su muerte, cuando era una niña, la había destrozado. A posteriori se dio cuenta de que había buscado a un hombre para que sustituyera a su padre en su pedestal.

–Bienvenida a Casa Elisabetta –dijo él al cabo de unos minutos.

Orla no ocultó su sorpresa al contemplar la villa de aspecto futurista que había reemplazado a la antigua cabaña. El nuevo edificio parecía emerger de los acantilados que había detrás, y su primera impresión fue que se su construcción era un fantástico ejemplo de ingeniería civil.

–No era lo que me esperaba –murmuró.

La casa de Torre tenía un diseño ultramoderno. Las paredes blancas eran cuadradas, con ángulos inusuales y enormes ventanas que debían de tener vistas maravillosas de la bahía. Era un edificio atrevido e innovador que reflejaba claramente la personalidad de su dueño.

–Tu madre se llamaba Elisabetta, ¿verdad? –preguntó mientras entraban.

–Sí. Creí que no recordabas nada sobre mí.

–¿Me la enseñas?

Orla observó, mientras atravesaba el espacio abierto que constituía la planta baja, que las modernas y elegante líneas del diseño estructural del edificio se repetían en el interior. Unas puertas correderas de cristal daban a la amplia terraza donde una enorme piscina parecía un espejo a la luz de la luna.

—El edificio está perfectamente integrado en el entorno —le dijo a Torre mientras, desde la terraza, miraba las cuatro plantas que lo constituían—. ¿Lo diseñaste tú?

—Tenía muy claro lo que quería, pero, como ingeniero, solo soy especialista en estructuras, por lo que trabajé con un arquitecto para diseñarla.

—Me fascina el sistema de alcantarillado. Debió de costar mucho excavar en la roca para instalar las tuberías y los desagües.

Él pareció levemente asombrado antes de lanzar una carcajada.

—Eres la única mujer que he traído aquí a la que le fascinan mis tuberías. A la mayoría le interesan los muebles y el color de los cojines.

—Las tuberías son un elemento importante del diseño de un edificio y, en mi opinión, mucho más interesante que los cojines.

—Estoy de acuerdo —él seguía sonriendo—. A mí, lo que me fascina eres tú.

Orla se preguntó si debiera decirle que había estudiado Ingeniería Civil y que por eso le interesaba la construcción de la casa. Pero, posiblemente, él le preguntaría por qué no había acabado la carrera, y ella no quería contarle que David la había convencido para que dejara de estudiar después de casarse. Se sentía estúpida por haber consentido que su exmarido le hubiera controlado la vida, pero, por aquel entonces, le había lavado el cerebro.

Una profunda tristeza la invadió al imaginarse lo que hubiera sucedido si, en vez de haberla rechazado, Torre se hubiera enamorado de ella. Tal vez hubiera conseguido licenciarse en Ingeniería y habrían diseñado Casa Elisabetta juntos. Tal vez hubieran tenido uno o dos hijos y ella habría repartido su tiempo entre cuidarlos y trabajar con Torre. Este estaría orgulloso de ella y, lo más importante, ella lo estaría de sí misma.

La dolorosa realidad era que había sobrevivido a su matrimonio, pero que David le había robado la autoestima, por lo que dudaba de su capacidad.

¿Cómo iba a enamorarse de ella un hombre guapo, inteligente y con talento como Torre?

–Si no te importa, quisiera ir a mi habitación. Ha sido un día muy largo.

–Desde luego –Torre había dejado de sonreír y la frialdad de su voz hizo trizas la camaradería que había surgido brevemente entre ambos–. Ven conmigo. Aquí no hay empleados de noche –explicó mientras subían las escaleras–. Un matrimonio, Tomas y Silvia, se encarga de la casa. Viven aquí al lado.

¿Tenía Torre algún motivo para indicarle que estaban solos?, se preguntó Orla mientras él abría la puerta de una habitación de invitados. Observó que tenía llave por dentro y decidió que la usaría.

–Qué habitación tan bonita –murmuró con verdadero placer al tiempo que admiraba la decoración en tonos grises, blancos y azul cielo.

Como el resto de la casa, la habitación era moderna y minimalista, pero cómoda y acogedora. Torre le dio las buenas noches y cerró la puerta al salir. Orla echó la llave, aunque era evidente que él estaba deseando alejarse de ella, a diferencia de ocho años antes, cuando la había llevado en brazos a su dormitorio en la vieja cabaña.

Orla apartó los recuerdos de su mente y abrió la maleta. Antes de marcharse de Londres se había comprado un camisón porque pensaba que en Amalfi haría demasiado calor para ponerse un pijama. Notó la suavidad del blanco satén al ponérselo y se preguntó qué pensaría Torre si la viese así.

¿La desearía?

Enfadada por no poder controlar los pensamientos, entró en el cuarto de baño que había en la habitación a lavarse los dientes. En el espejo contempló sus pezones endurecidos por debajo de la tela. Más le valía controlarse si quería sobrevivir a dos meses trabajando para Torre.

Se le detuvo el corazón al darse cuenta de que no llevaba la cadena de oro al cuello. Corrió a la habitación y la buscó sobre la colcha y en la alfombra. No estaba, por lo que sacudió el vestido que se acababa de quitar, sin resultado alguno.

Recordó habérsela tocado cuando estaba en el coche, lo que significaba que no la había perdido en Villa Romano. Debía buscarla en el vehículo, pero no quería molestar a Torre. Bajó corriendo las escaleras y tomó las llaves del coche de la mesa del vestíbulo donde él las había dejado.

No pasaría nada por echar un vistazo sin decírselo a él, pensó Orla al abrir la puerta de la casa. Lanzó una maldición cuando la gravilla se le clavó en la planta de los pies, y deseó haberse puesto las zapatillas y la bata antes de salir. Usó el mando a distancia para abrir el coche y la alarma se disparó.

—¿Qué demonios haces? —la voz de Torre apenas era audible con el sonido de la alarma.

Orla se volvió y lo vio bajando los escalones de la entrada. Se acercó a ella a grandes zancadas y le arrebató las llaves. Segundos después, el horrible sonido se detuvo.

—¿Ibas a robarme el coche o pretendías ir a darte una vuelta?

Ella apartó la vista de su pecho desnudo, cubierto de negro vello que le descendía por el abdomen y se perdía bajo la cintura de los pantalones de chándal que llevaba puestos.

—Ninguna de las dos cosas —contestó con sequedad—. Por si no lo has notado, voy en camisón.

En cuanto esas palabras hubieron salido de su boca, se arrepintió de haberlas dicho. Un ardiente calor la recorrió de arriba abajo mientras Torre examinaba el escaso trozo de satén. Esperaba que hiciera otro comentario sarcástico, pero no fue así.

—Ya lo he visto —dijo él con voz ronca—. Entonces, ¿qué haces aquí a medianoche?

—He perdido mi cadena y quería ver si estaba en el coche. Sé que la llevaba cuando vinimos. He buscado en la habitación, pero es posible que se enganchara al quitarme el cinturón de seguridad.

—¿No podías haber esperado hasta mañana?

—No, tengo que encontrarla. No podré dormir hasta haberlo hecho.

Él masculló un improperio en italiano, pero Orla pensó que no era el mejor momento para recordarle que hablaba esa lengua.

—Supongo que tiene mucho valor para ti, ya que estás tan preocupada.

–No tiene precio. Si me abres el coche, la buscaré y podrás volver a la cama.

–Ya la busco yo –afirmó él con impaciencia–. Vuelve dentro y hazme el favor de ponerte algo. Eres una peligrosa distracción.

Ella se quedó atónita al contemplar el deseo que había en sus ojos. Sus pies se negaron a moverse.

–Vete, Orla –le ordenó él.

Ella dio media vuelta y corrió hacia la casa. Sin embargo, en vez de volver a la habitación, se dirigió a la terraza y la piscina, cada vez más desesperada por no haber encontrado la cadena.

Por fin, se dio por vencida y subió. Torre estaba en la habitación de ella, apoyado en la cómoda. Cuando Orla vio la cadena colgando de sus dedos, experimentó un inmenso alivio.

–¡Menos mal! ¿Dónde estaba?

–Se había escurrido por el respaldo del asiento –explicó él examinando la cadena–. Dices que es valiosa, pero es bisutería. Las piedras del colgante no son esmeraldas.

–Es un trébol de cuatro hojas, el símbolo de la buena suerte en Irlanda. Es un colgante muy valioso para mí porque me lo regaló mi padre cuando cumplí diez años. Fue la última vez que lo vi. Mis padres se divorciaron cuando era muy pequeña. Me crié con mi madre, en Inglaterra, pero pasaba los veranos en casa de mi padre.

–¿Qué le pasó?

–Era pescador y una noche se desató una tormenta cuando estaba embarcado. Una ola lo arrastró y lo lanzó al mar. Los guardacostas hallaron su cuerpo dos días después.

Torre volvió a mirar el colgante.

–El cierre está gastado. Si me dejas la cadena, la llevaré a una joyería para que se la cambien.

–Gracias, pero voy a ponérmela –Orla tendió la mano para que se la diera–. La llevo puesta siempre, incluso en la cama.

Se hallaba tan cerca de él que notó el calor de su cuerpo y el olor especiado de su colonia. Y no pudo reprimir un temblor al contemplar el reflejo de ambos en el espejo de la cómoda. Él era mucho más alto, y su piel aceitunada, mucho más oscura que la de ella.

Torre se apartó el cabello de la frente. Tenía el rostro tenso de deseo y su boca era tan sensual que Orla sintió una fuerte y profunda punzada en la pelvis.

Se recogió el cabello con la mano para que Torre le pusiera la cadena. El roce de sus dedos la estremeció.

En el espejo vio que sus pezones eran claramente perceptibles bajo el camisón. Torre emitió un ronco sonido y ella contuvo la respiración cuando bajó la cabeza para besarla en el cuello.

El tiempo dejó de existir y el mundo de girar. No fue consciente de nada salvo del roce sensual de su boca al deslizársele por la clavícula.

Se miró en el espejo y observó que Torre bajaba las manos hasta sus senos y le acariciaba los pezones. La exquisita sensación la hizo gritar.

Él la agarró con sus fuertes brazos, la giró para tenerla de frente y, antes de que ella supiera lo que sucedía, la apretó contra sí, con una mano al final de su espalda y la otra entre su cabello, al tiempo que inclinaba la cabeza y la besaba de tal manera que le robó el corazón.

Capítulo 7

TORRE la desnudó bajándole las hombreras del camisón y descubriéndole los senos.

—Orla...

En su voz había algo semejante a la desesperación, y su mirada depredadora hizo que ella temblara de desesperación también, ya que no podía negar su deseo. Lanzó un grito ahogado cuando él le acarició los pezones hasta que Orla pensó que iba a morir de un exceso de placer.

Era demasiado; él era demasiado.

Una vocecita interior intentó recordarle que Torre la había humillado años antes, pero ella hizo oídos sordos, deslumbrada por su masculina belleza.

—Eres perfecta. Eres hermosa. No puedo resistirme a ti.

La agarró con ambas manos por la cintura y la levantó hasta que sus senos estuvieron a la altura de su boca.

—Ponme las manos en los hombros.

Cuando ella lo hizo, se metió un pezón en la boca y lo succionó con fuerza. Ella enlazó las piernas a sus caderas y frotó la pelvis hacia arriba y hacia abajo contra su cuerpo.

Solo había sentido aquel deseo incontrolable por

Torre. ¿Qué indicaba eso de su fracasado matrimonio? ¿Había adivinado David lo que ella desconocía hasta ese momento: que su cuerpo y su corazón pertenecían a otro hombre?

La sangre resonándole en lo oídos alejó sus confusos pensamientos. Oyó su jadeante respiración. ¿O era la de Torre?

Él se metió el otro pezón en la boca al tiempo que le agarraba las nalgas y hacía círculos con las caderas contra las de ella, para que se diera cuenta de lo excitado que estaba.

La llevó a la cama y la tumbó en ella. Orla lo observó mientras se quitaba los pantalones y la vista de su poderoso cuerpo hizo que se derritiera por dentro.

Había algo irreal en estar tumbada en una cama con Torre, desnudo y muy excitado, de pie frente a ella. Era como uno de los muchos sueños que había tenido.

Aquella locura solo podía acabar de una forma. Lo había sabido desde el momento en que él la había besado. En realidad, lo había sabido cuando la había hallado junto a su coche en Villa Romano.

No lo detuvo cuando le bajó el camisón hasta la cintura y se lo quitó con una impaciencia que le aceleró el pulso. La miró a los ojos cuando le quitó las braguitas a juego y contempló su esbelto cuerpo.

La voz de la cordura indicó a Orla que debía marcharse en ese momento, antes de hacer algo de lo que, sin duda, se arrepentiría. Pero su cuerpo tenía voluntad propia y deseaba todo lo que el brillo de los ojos de Torre le prometía.

Él se arrodillo en la cama y se inclinó hacia ella

hasta rozar con el vello del pecho los pezones femeninos. Ella gimió suavemente, le rodeó el cuello con los brazos y lo atrajo hacia sí al tiempo que abría los labios y él la besaba con una pasión idéntica a la de ella. Era un deseo salvaje, enfebrecido, abrumador.

Él le separó las piernas y deslizó la mano entre sus muslos para descubrir su húmeda excitación. Ella suspiró y elevó el cuerpo hacia él, que lanzó una carcajada llena de tensión sexual.

—¿Te gusta? —preguntó con voz ronca mientras le introducía primero uno y luego dos dedos y los hacía girar en una danza erótica que estuvo a punto de volverla loca—. Ya veo que sí —murmuró.

Pero a ella ya le daba igual que se diera cuenta de su deseo, por lo que arqueó las caderas y se movió contra su mano mientras comenzaba a jadear ante la llegada del clímax.

Metió la mano frenéticamente entre el cuerpo de ambos en busca de él. Envalentonada por el gemido que lanzó Torre, lo guio hacia ella hasta apretarlo contra su sensible carne.

Orla no reconocía al ser desvergonzado en que se había convertido en brazos de Torre. No podía creer que estuviera tan desesperada por alcanzar la plenitud sexual con él, solo con él, pensó mientras le besaba, frenética, la mandíbula.

—Quiero...

—Sé lo que quieres.

Torre se tumbó sobre ella sosteniéndose con los codos y, simplemente, la penetró de una profunda embestida. Aunque ella estaba lista, se sorprendió y lanzó un grito.

Él se detuvo inmediatamente y se retiró un poco.

–¿Te he hecho daño?

–No.

Sus músculos internos ya se estaban extendiendo para recibirlo. No le había hecho daño, sino que se sentía abrumada por la sensación de que ese era su lugar: en brazos de Torre, en su cama, con su cuerpo unido al de él.

Enlazó las piernas en su espalda para que la penetrara con mayor profundidad.

–*Piccola*, ¿estás segura de que quieres que siga?

En vez de responderle, ella le agarró el rostro con ambas manos y lo besó. Él le introdujo la lengua entre los labios al mismo tiempo que volvía a embestirla. Empezó a moverse con rapidez, excitándola cada vez más, mientras ella se agarraba a las sábanas y se deleitaba en ser poseída de aquel modo irresistible.

Su placer fue aumentando a medida que Torre la conducía cada vez más arriba hasta hacerla estremecer al borde del abismo. Él se detuvo con la piel perlada de sudor y la miró a los ojos.

–Quiero verte alcanzar el clímax.

Volvió a embestirla y la lanzó al vacío. Los espasmos fueron tan intensos que a ella le pareció imposible que fuera a soportar tanto placer. Oyó que él lanzaba un gemido salvaje al seguirla en el éxtasis del placer.

Después, se apoderó de ella una dulce lasitud que la protegió de la dura realidad que sabía que volvería a partirle el corazón.

Enseguida, Torre se apartó de ella y se tumbó de espaldas. Su silencio no presagiaba nada bueno, y Orla no se atrevió a mirarlo.

–He perdido el control –dijo él en tono sombrío–. No he usado preservativo. Se sentó en el borde de la cama y se mesó el cabello con ambas manos–. Nunca he dejado de usar protección cuando he tenido relaciones sexuales ocasionales con otras mujeres.

–No te preocupes, tomo la píldora.

Orla no sabía qué le dolía más: que describiera lo que acababan de vivir como una relación ocasional o que se hubiera referido a otras mujeres. El amor no había intervenido en ninguna de sus relaciones ni tampoco en aquella.

–No he tenido relaciones sexuales desde que me divorcié, hace más de dos años –comentó con una frialdad que no reveló lo que sentía.

Torre se levantó y se puso los pantalones. Cuando la miró, su expresión era pétrea.

–Entonces, ¿por qué las has tenido conmigo?

Orla se sentó en la cama y cruzó los brazos sobre los senos, consciente de que era ridículo sentir vergüenza de su desnudez cuando acababa de suplicar a Torre que le hiciera el amor.

–Porque te deseaba.

La sinceridad de su respuesta pareció sorprenderlo.

Ella suspiró amargamente.

–Fui una estúpida a los dieciocho y ahora lo he sido aún más. Pero lo que ha pasado no ha sido solo culpa mía. ¿Qué excusa tienes tú, Torre? ¿Por qué te has acostado conmigo si me desprecias tanto como dices?

–No te desprecio –contestó él. Sus palabras la sorprendieron–. Creo que acabo de dejar muy claro que te deseo como no he deseado a otra mujer.

Ella lo miró sobresaltada por su tono de burla hacia sí mismo. Aquel era un Torre que no conocía. Estaba tenso y notó que no tenía tanto control de sí mismo como pretendía hacerla creer.

—Es evidente que ya no puedo trabajar para ti —murmuró ella—. Tendrás que contratar a otra secretaria para ir a Dubai. Yo volveré a casa en cuanto sea posible y empezaré a buscar trabajo.

—De ninguna manera —dijo él, en contra de lo que ella esperaba—. No me queda tiempo para buscar a otra persona. El contrato que has firmado incluye una multa si te marchas antes de los dos meses que dura o te ausentas demasiado por enfermedad.

Se dirigió a la puerta y la abrió, pero, antes de salir al pasillo, se volvió a mirarla.

—Iremos a Dubai en el jet de la empresa —comentó en voz baja—. Tienes que estar lista a las ocho —miró su reloj—. Es decir, dentro de seis horas. Te sugiero que duermas un poco.

Salió cerrando la puerta. Orla se levantó corriendo a echar la llave, aunque ya era tarde y el daño estaba hecho. El olor de Torre, así como el del sexo, le impregnaba la piel, por lo que fue al cuarto de baño a toda prisa y se metió en la ducha para borrar la vergonzosa prueba de su estupidez.

Qasr Jameel era la joya más reciente de la corona de Dubai y el edificio más alto del mundo. En el rascacielos había un hotel de seis estrellas, un enorme centro comercial, restaurantes y numerosos lugares de ocio.

La traducción de su nombre era «hermoso palacio». No se había reparado en gastos en su construcción ni en su decoración. Varios importantes miembros de la familia real de Dubai acudirían a la fiesta de inauguración, que se celebraría esa noche.

Desde el balcón de la suite presidencial de la septuagésima planta, Torre dirigió la vista a las luces de los coches que llenaban las calles de la ciudad y brillaban como joyas.

El diseño del rascacielos era de un arquitecto suizo y ARC lo había construido por encargo de un consorcio de jeques. Su construcción había sido compleja, por lo que Torre se enorgullecía de que, dirigida por él, se hubiera llevado a cabo en el plazo y con el presupuesto previstos.

Esa noche tendría ocasión de celebrarlo y de demostrar que ARC se había convertido en el líder mundial de la industria de la construcción.

Sin embargo, su orgullo profesional no se reflejaba en su vida privada. Sus pensamientos se centraban en la mujer que había vuelto a hacerle perder el control.

¿Cómo había sido tan estúpido? Ocho años antes se había prometido que no volvería a mostrar tanta debilidad, y la realidad era que ninguna de sus amantes había puesto a prueba su autocontrol y que siempre había sido él quien había dictado las condiciones de las relaciones con ellas.

Pero, en cuanto había visto a Orla en Villa Romano, se había sentido incapaz de resistirse a su atracción. Se la imaginaba debajo de él, enlazándolo con sus esbeltas piernas, con el cabello extendido sobre la almohada. Recordaba su hermoso rostro sofocado y sus duros pezones en su boca.

–*Dio!* –exclamó al notar su excitación.

Volvió a preguntarse por qué la había llevado a Dubai. A pesar de lo que le había dicho, podía haber hallado a otra persona y liberado a Orla de su contrato. Sin embargo, había pensado que una forma segura de escapar a la fascinación que sentía por ella era pasar dos meses trabajando y durmiendo juntos. El aburrimiento sustituiría al deseo y, por fin, conseguiría olvidarla.

Por eso había insistido en que ocupara el segundo dormitorio de la suite en que estaba alojado, con la excusa de tenerla a mano si debían trabajar hasta tarde.

Miró la hora. La fiesta comenzaría a las ocho y tenían que estar en el salón de baile antes de que llegaran los miembros de la familia real.

No había visto a Orla en toda la tarde. La había mandado a comprarse un vestido de noche y le había dicho que lo cargara a su tarjeta. Sorprendentemente, al comprobar su cuenta en Internet vio que la tarjeta no se había utilizado.

Pensó en llamar a la puerta de su dormitorio y recordarle la hora que era, pero una voz a su espalda lo hizo retirarse de la ventana.

–Que la prensa internacional vaya a cubrir la inauguración del rascacielos –comentó Franco Belucci, el jefe de operaciones de la empresa– supondrá una excelente publicidad para nosotros y un hito para ARC, al ser Qasr Jameel el edificio más alto del mundo.

–Dudo que conserve el título mucho tiempo –apuntó Torre–. Ya hay planes para construir otro más alto en

Baréin. El consejero delegado de la empresa que está detrás acudirá a la fiesta, lo que será una buena oportunidad para venderle de manera informal nuestra oferta de encargarnos de la construcción de la estructura.

Torre notó que Orla había entrado en el salón, aunque sus pasos no habían hecho ruido sobre la mullida alfombra. La miró y pensó que no sería sorprendente que Franco, que estaba a su lado, oyera cómo le golpeaba el corazón contra el pecho.

Orla llevaba un vestido largo de color azul, cuyo cuerpo y mangas estaban recubiertos de encaje. Se había recogido el cabello en un moño dejando unos mechones sueltos que le enmarcaban el rostro. Llevaba unos aretes de oro y el colgante que le había regalado su padre.

Estaba preciosa y Torre notó que Franco enderezaba la espalda cuando ella se les acercó.

—Debo reconocer que eres mucho más guapa que Renzo —murmuró Franco mientras le estrechaba la mano—. Y tienes un hermoso nombre, Orla.

—Gracias. Es irlandés —sonrió a Franco, quien le sonrió a su vez.

Torre tuvo ganas de dar un puñetazo a Franco en su hermoso rostro. Le sonó el móvil y se fue al otro salón, más pequeño, a contestar la llamada.

Al volver al salón principal, cinco minutos después, Orla y Franco charlaban sentados en el sofá. La risa de ella lo irritó, sobre todo al pensar que nunca se había reído con él. Pero ¿por qué le importaba?

—Son las ocho menos diez, así que baja al salón de baile —dijo a Franco en tono seco—. Orla y yo lo haremos enseguida.

Franco se marchó tomando el ascensor privado de la suite y Torre fue al bar de la suite a servirse un whisky. Le dio un largo trago mientras observaba como Orla agarraba el bolso y un chal.

—Está casado —dijo, antes de dar otro trago—. Dudo que te importe que Franco tenga esposa, pero también tiene dos niñas pequeñas.

—Sí, me ha enseñado las fotos en el móvil. Son unas gemelas encantadoras —Orla frunció el ceño—. ¿Me he perdido algo? ¿Por qué me dices que está casado?

—Por si se te ocurría alguna idea.

Ella lo miró fijamente.

—¿Qué idea?

—Venga, no te hagas la ingenua. Te has puesto ese vestido a propósito para llamar la atención de todos los hombres en la fiesta. Franco te miraba desencajado. Me limito a avisarte: déjalo en paz y utiliza la brujería con otro idiota que se quede tan cautivado contigo que ya sea tarde cuando se dé cuenta de que tras tu bonita sonrisa se oculta una cazafortunas.

Mientras decía esas palabras, Torre se percató de que no se las creía y de que sus acusaciones eran infundadas. Se acercó a ella y se sintió culpable al ver que le temblaban los labios. La necesidad de estar cerca de ella lo consumía y enfurecía.

Aunque era preciosa, había conocido a otras mujeres hermosas, pero ninguna le había hecho perder la cabeza como ella. No lo entendía y se despreciaba a sí mismo por no poder librarse del deseo que sentía por ella.

—Mi vestido es muy respetable —le espetó ella—. Soy

sensible a la cultura de Dubai, por lo que he elegido uno que deje poco al descubierto. Y, apropósito, lo he pagado de mi bolsillo. No espero que tú ni ningún hombre me pague la ropa. La verdad es que, en tu opinión, no hago nada a derechas, ¿verdad, Torre? Aunque me hubiera cubierto de los pies a la cabeza con tela de saco, me acusarías de querer llamar la atención.

Orla respiraba con fuerza y estaba sofocada de ira.

—Supongo que me he maquillado en exceso y que parezco una prostituta —Orla se llevó la mano a la ceja—. Ya me has insinuado, de forma repugnante, que estaba flirteando con tu colega, de cuyo nombre ni siquiera me acuerdo.

—Franco —dijo él—. ¿Por qué siempre que discutimos te tocas la cicatriz de la frente? ¿Cómo te la hiciste? Solo la aprecio cuando estoy muy cerca de ti, como ahora, pero debió de ser una herida muy profunda.

Orla se había puesto muy tensa.

—Ya te he dicho que no voy a hablar de mi matrimonio.

—No te he preguntado por él —dijo Torre con suavidad mientras una sospecha crecía en su interior. Sintió algo duro y frío en la boca del estómago.

Una expresión angustiosa había cruzado el rostro de Orla y parecía increíblemente frágil.

La idea de que su encantador exesposo fuera responsable de aquella cicatriz le resultaba difícil de aceptar. Pero el destello de miedo en los ojos de Orla había sido real.

–Tenemos que irnos o llegaremos tarde –observó ella.

Su ira se había disipado y tenía los ojos apagados. Torre quería preguntarle más cosas sobre su matrimonio. Ya le daba igual la fiesta en que se celebraría el éxito de la empresa y el suyo propio.

Preferiría llamar al servicio de habitaciones y pedir que les subieran la cena a la suite. Y quería hablar con Orla. Le resultaba perturbador descubrir que quería algo de una mujer que no fuera sexo; de esa mujer, se corrigió.

No recordaba haber tenido una conversación importante con ninguna de sus amantes. Pero ninguna lo había fascinado como Orla, por lo que, en aquel momento, su prioridad no era hacerle el amor.

Torre negó con la cabeza sin entender lo que le pasaba. Siguió a Orla hasta el ascensor. Apretó los dientes al ver que ella se apartaba de él todo lo que podía en aquel reducido espacio y lo miraba con recelo al tiempo que se tocaba la cadena y el colgante que, supuestamente, daba buena suerte.

–He leído las notas que me has dado con los nombres de los nuevos clientes en potencia que acudirán a la fiesta –dijo ella en tono neutro–. No sé qué esperas de mí como secretaria ya que, si hablo con algunos de ellos y son hombres, me acusarás de querer seducirlos –observó con amargura–. Tal vez quieras que me mantenga a dos pasos de ti, con los ojos fijos en el suelo, para no llamar la atención.

–Lo que quiero es que, en la medida de lo posible, te olvides de que me acabo de comportar como un imbécil –masculló él–. Estás muy guapa y el vestido es perfecto para la ocasión.

–No te entiendo.

–Estoy intentando disculparme –afirmó con brusquedad.

Orla pareció tan sorprendida que él estuvo a punto de echarse a reír.

Capítulo 8

LA FIESTA se celebraba en el salón de baile del Qasr Jameel. Concebido al estilo de un palacio árabe, el amplio espacio estaba dominado por el mármol rosa, el pan de oro y un precioso suelo de mosaico.

Las mujeres llevaban extravagantes vestidos de noche y los hombres de esmoquin se mezclaban con los jeques vestidos de forma tradicional. Los camareros pasaban entre los grupos de invitados sirviendo champán, refrescos y exquisitos canapés.

Mientra estuvo casada con David, Orla lo había acompañado a algunos acontecimientos sociales. Su padre era lord y la casa familiar de Gloucestershire era una imponente mansión donde lady Keegan daba elegantes fiestas. Orla se sentía fuera de su elemento en ellas y su seguridad en sí misma se veía mermada por las constantes críticas de su esposo sobre su vestido o su maquillaje.

El vestido, que había comprado en el centro comercial de Qasr Jameel, era elegante sin ser llamativo. No quería atraer la atención, a pesar de las acusaciones de Torre.

Lo miró. Con el esmoquin y la camisa de seda blanca estaba sencillamente arrebatador. Hablaba con otro invitado, por lo que pudo estudiar su perfil,

Como era de esperar, el corazón se le detuvo durante unos segundos. Se estaba acostumbrando al efecto que ejercía sobre ella, y fue incapaz de controlar el deseo que la invadió al recordar cómo, la noche anterior, su incipiente barba le había arañado los labios mientras le besaba la mandíbula para llegar a su boca. Su desvergonzado comportamiento seguía sorprendiéndola. Y se había quedado atónita cuando, antes de la fiesta, Torre se había disculpado por las cosas horribles que le había dicho.

No sabía qué pretendía, lo cual la molestaba. Él la molestaba. Quería odiarlo y el no poder hacerlo le demostraba lo estúpida que era.

Tal vez él notara que lo estaba mirando, ya que se volvió hacia ella, que desvió inmediatamente la vista, pero no antes de haber visto el brillo risueño de sus ojos y otra cosa más difícil de definir.

—Orla, te presento al jeque Bin al Rashid. Orla es mi secretaria —dijo al hombre que estaba a su lado.

—Mucho gusto —murmuró ella mientras le estrechaba la mano—. Tengo entendido que va a construir un edificio similar al Qasr Jameel en Baréin.

—Así es. Creo que un edificio como el que ARC ha construido aquí, en Dubai, atraería inversiones y turismo a mi país. Sin embargo, hay un problema. El lugar donde espero construirlo es un terreno relativamente pequeño en el centro de una ajetreada ciudad, rodeado de otros edificios. La construcción debería llevarse a cabo en un corto periodo de tiempo para minimizar las molestias.

Orla asintió.

—La situación era similar aquí. Qasr Jameel se

halla situado entre otros edificios y era importante que se construyera con la mayor rapidez y seguridad posibles. Los ingenieros de ARC emplean un método que permite elevar los primeros treinta pisos de la estructura de hormigón antes de haber finalizado de excavar el sótano. De ese modo, la construcción y el coste se reducen significativamente.

Oyó que Torre emitía un sonido apagado y se dio cuenta de que se había entusiasmado con la explicación.

En el vuelo a Dubai, esa mañana, Torre le había proporcionado material sobre ARC para que se lo leyera. Una de las carpetas contenía notas sobre la forma en que se había construido Qasr Jameel.

—No hace falta que te lo leas. Supongo que los métodos de ingeniería no te interesarán —había dicho él.

Sin embargo, a Orla la habían fascinado, y se había pasado casi todo el vuelo absorta en su lectura. Le sorprendió agradablemente lo mucho que recordaba de cuando estudiaba. Pero no había acabado la carrera y Torre era uno de los ingenieros de estructuras más importantes del mundo.

—Estoy segura de que tú le podrás explicar el proceso de construcción de Qasr Jameel mucho mejor que yo —le dijo.

La expresión del rostro de Torre era inescrutable.

—Tu explicación ha sido excelente. Estoy seguro de que al jeque Bin al Rashid le gustaría seguirte escuchando, igual que a mí.

—Ah —ella lo miró preguntándose si se estaba burlando.

—Me gustaría saber si se puede controlar la oscilación de un edificio muy alto cuando sopla un viento muy fuerte –comentó el jeque.

–Ese es, ciertamente, un importante elemento del diseño estructural. Un edificio alto se mueve cuando hay ráfagas de viento muy fuertes, pero es vital que no les afecte a los habitantes.

El entusiasmo de Orla con el tema sustituyó a su desconfianza y se pasó varios minutos dando todo tipo de explicaciones al jeque. Cuando hubo terminado, este se volvió hacia Torre.

–Te confieso que me ha impresionado el profundo conocimiento de los sistemas de construcción de tu secretaria.

–Sí, Orla está llena de sorpresas –respondió Torre en tono seco mirándola pensativamente.

Afortunadamente, en ese momento, un príncipe de la familia real subió al estrado situado en un extremo del salón para dar un discurso antes de declarar que Qasr Jameel quedaba inaugurado.

Orla esperaba poder separarse de Torre y perderse entre la multitud de invitados, pero él le puso la mano en el brazo y le dijo que se quedara.

–Puede que te necesite.

No le especificó para qué y ella, al ver el brillo depredador de sus ojos, creyó más conveniente no preguntárselo.

Siguieron más discursos. En la sala de prensa, los fotógrafos querían sacar fotos a Torre y al equipo de ingenieros de ARC.

–Solo soy tu secretaria de forma temporal, por lo que no hace falta que aparezca en las fotos –comentó

Orla cuando él le ordenó que se quedara a su lado.
Pero, al final, se las hizo.

Sin embargo, lo peor estaba por llegar.

Él la condujo a la pista de baile y la tomó en sus
brazos. A través del vestido, ella notó los músculos
de sus poderosos muslos, y la dura protuberancia de
su excitación presionándole la pelvis hizo que se
sonrojara. Al acabar la pieza, ella dio un bostezo que
no era totalmente fingido.

Solo hacía dos días que se había marchado de Londres. Cuando se fue, le preocupaba la perspectiva de
ver de nuevo a Torre. Y con razón, a juzgar por lo sucedido. Su amistad con Jules había cambiado para
siempre y ella había hecho un pacto con el diablo al
haber firmado el contrato que le daba a Torre derecho
a controlar su vida durante los dos meses siguientes.

—Me temo que tendrás que prescindir de mí el
resto de la velada —volvió a bostezar—. El desfase
horario me está haciendo efecto. Seguro que no esta-
rás solo mucho tiempo. La rubia del vestido casi
transparente, con quien has estado flirteando antes,
no ha dejado de lanzarme miradas de odio mientras
bailábamos.

Torre sonrió y la apretó más contra sí cuando ella
intentó separarse.

—Las motas verdes de tus ojos resaltan más cuando
estás celosa, *gattina mia*.

—Ni estoy celosa ni soy tu gata.

—Tengo la marca de tus garras en la espalda para
demostrarlo.

Ella sintió calor en el rostro y otro más intenso

que se le aposentó entre las piernas, donde la noche anterior él la había acariciado con sus dedos expertos y había despertado en ella un deseo febril. Recordó que, cuando él la había poseído, le había arañado la espalda al alcanzar el clímax.

No se atrevió a mirarlo mientras salían del salón y se dirigían al ascensor que los llevaría a la suite presidencial. En cuanto llegaron, se quitó los zapatos de tacón y lanzó un suspiro de alivio. Su intención era retirarse inmediatamente a su habitación, pero la voz de Torre la detuvo.

—Me resulta difícil creer que obtuvieras un conocimiento profundo de los complejos procesos de ingeniería estructural que intervienen en la construcción de un rascacielos cuando trabajabas de secretaria para una pequeña constructora —afirmó él mientras se dirigía al bar—. ¿Quieres tomar algo?

Ella negó con la cabeza y él siguió hablando.

—Me he informado y Mayall's se dedica a proyectos de defensa costera no a construir rascacielos —se sirvió un whisky y le dio un trago antes de acercarse a ella—. Me intrigas, Orla —murmuró.

Alzó la mano y le retiró un mechón de cabello del rostro. Ella se puso rígida cuando le rozó la cicatriz.

—Justo cuando creo que sé quién eres, me sorprendes.

—No me conoces en absoluto.

No entendía por qué eso la entristecía. A veces se preguntaba si alguien la había conocido de verdad o si lo había intentado siquiera. Desde luego, no su madre ni su exesposo.

—Y lo que crees saber sobre mí es erróneo.

—Pues ilústrame —la invitó él en voz baja—. Explícame en qué me he equivocado al juzgarte.

—No tenía un motivo secreto cuando hice el amor contigo hace ocho años. Sé lo que era mi madre. Se casó con tu padre por su dinero y entiendo que la despreciaras. Pero cuando te entregué mi virginidad pensé... —negó con la cabeza mientras la tristeza se extendía por su interior y le llenaba los pulmones haciéndole difícil respirar—. Era joven y tenía la cabeza llena de sueños románticos. Creía que existían los príncipes azules.

—¿Adónde fuiste esa mañana? Fui en tu busca unos minutos después de que hubieras salido corriendo de la habitación, pero habías desaparecido.

—¿Creíste que me quedaría después de haberme acusado de ser una cazafortunas? Tomé un autobús para volver a Villa Romano. Las amigas de mi madre habían pedido un taxi para ir al aeropuerto, y me fui con ellas.

Torre lanzó un profundo suspiro.

—Mi padre me había dicho que trabajabas en un bar en Londres. ¿Volviste a tu trabajo?

—Era un trabajo a tiempo parcial para ganar algo de dinero para cuando comenzara la universidad.

Orla observó con satisfacción que él se había sorprendido.

—No sabía que tuvieras un título universitario. No está en tu currículo. ¿En qué te licenciaste?

—Hice tres cursos y medio de Ingeniería Civil.

Él la miró de hito en hito y ella supuso que era la primera vez en su vida que se había quedado sin habla. Después rio.

–Por eso hablaste tan bien con el jeque. Gracias a ti, se ha quedado tan impresionado con la cualificación del personal que trabaja en ARC que la empresa es una seria aspirante a ganar el encargo de construir el rascacielos de Baréin. Pero no entiendo por qué no solicitaste un puesto de ingeniera en ARC ni por qué trabajaste de secretaria en Mayall's.

–Dejé la universidad antes de licenciarme.

–¿Por qué? –Torre frunció el ceño cuando ella no contestó–. A muchos estudiantes les estresan los exámenes. ¿Lo dejaste por eso?

–No, no fue por la presión de los exámenes, sino porque me casé.

La expresión de Torre se endureció.

–¿Pensaste que no necesitabas tener una carrera porque tu rico esposo te mantendría?

–No, no fue por eso. Lamento profundamente no haberla acabado. David me convenció de que la pospusiera porque viajaba mucho al extranjero a jugar al críquet y quería que lo acompañara. Después de que mi matrimonio terminara, mi intención era retomar los estudios, pero tuve que ponerme a trabajar porque necesitaba dinero. Mi madre estaba enferma...

Se interrumpió bruscamente porque sabía que mencionar a Kimberly no le ganaría la simpatía de Torre.

–A pesar de lo que hayas leído en la prensa sensacionalista, no recibí ninguna pensión de David. Tuve que esperar dos años a que accediera al divorcio y no quise nada de él, salvo mi libertad –le tembló la voz–. Había aprendido que ser libre para vivir mi vida como quisiera era, es, más valioso que cualquier otra cosa.

Torre no sabía cómo manejar el torrente de emociones que lo había invadido. Desde que, a los seis años, una niñera le había dicho que no debía llorar en el funeral de su madre porque alteraría a su padre, nunca había manifestado sus sentimientos.

La vida era mucho más sencilla sin altibajos emocionales, y eso le había permitido centrarse en su profesión. Le gustaba ser ingeniero porque requería el empleo de la parte analítica del cerebro para resolver problemas complejos. Las reglas físicas o matemáticas eran mucho más sencillas de entender que las emociones desestructuradas que, en general, poco tenían que ver con el sentido común.

Solo una vez había hecho caso a su corazón en vez de a su cabeza. Había sido en la fiesta de celebración de la boda de su padre con una mujer cuya profesión era buscarse esposos ricos.

Estaba muerto de aburrimiento y a punto de marcharse cuando algo le hizo volver la cabeza. Al ver a Orla, lo primero que pensó fue que debía poseer su increíble belleza, su blanca piel y su cabello pelirrojo, sus ojos que pasaban del castaño al verde cuando se excitaba y su boca, que prometía deliciosas sensaciones.

Perdió el control de sí mismo por aquel urgente deseo, un deseo que no había sentido por ninguna otra mujer. Por eso, a la mañana siguiente, se quedó horrorizado al saber quién era. Pensó que era como su madre y fue incapaz de hallar un motivo por el que le hubiera entregado su virginidad que no fuera que la compensaría casándose con ella.

Ahora se daba cuenta de que lo había aterrorizado la idea de necesitarla. La necesidad implicaba falta de control, pero sin un férreo control sobre sí mismo hubiera llorado en el funeral de su madre, en vez de tragarse las lágrimas.

Se imaginó a los seis años. Había sido muy valiente y su padre lo había elogiado cuando volvieron a casa después del entierro. Le había resultado difícil no llorar al pensar que su madre estaba metida en una caja bajo tierra, pero quería complacer a su padre, por lo que se clavó las uñas en las palmas para recordar que los niños no lloraban.

Apartó esos dolorosos recuerdos de su mente y volvió a pensar en la mañana siguiente a la primera noche que se había acostado con Orla. La había observado mientras dormía y, al despertarse, le había acariciado los senos y contemplado la excitación en sus ojos. El deseo se había apoderado de él. Pero había sido algo más: una sensación de plenitud que no había experimentado con ninguna otra mujer. Y supo que una noche con ella no le bastaría.

Quería más. La quería... para siempre.

Ese pensamiento se había instalado en su cerebro y se negaba a desaparecer.

El estridente sonido del teléfono de ella fue una inesperada intromisión y él se esforzó en ocultar su frustración cuando ella se sentó en la cama y agarró el bolso que estaba en la mesilla de noche.

–Probablemente sea Kimberly. Tengo que responder –había dicho ella.

Él recordó que le había dicho que formaba parte del cortejo de ayudantes que la acompañaba.

Debido a las prisas por sacar el teléfono del bolso, Orla volcó su contenido en la cama y Torre recordó que le había resultado incomprensible que los pendientes de esmeraldas de su madre aparecieran sobre la sábana.

Le preguntó qué hacían en su bolso y ella le contestó que temía perderlos y que por eso los había guardado.

Al preguntarle cómo habían llegado a su poder, ella respondió que se los había prestado su madre, que Giuseppe se los había regalado a Kimberly y que esta se los había prestado para que los llevara con el vestido que también le había dejado.

Torre, al comprender que Orla era hija de Kimberley, se dio cuenta de que había sido tan estúpido como su padre y se sintió avergonzado. Ella le dijo que no se lo había contado porque no pensó que le interesara y que, por otra parte, no habían hablado mucho la noche anterior.

Era cierto, ya que él solo quería llevársela a la cama lo antes posible. Sin embargo, descargó en ella la ira que sentía contra sí mismo acusándola de haberlo engañado.

«Creía que existían los príncipes azules». La frase que había dicho Orla unos minutos antes lo avergonzó. En vez de comportarse como un caballeroso príncipe, la había vilipendiado y ella había huido de Ravello en un maldito autobús. Y durante ocho años había evitado verlo y solo había ido a visitar a su madre cuando sabía que él no estaría en Villa Romano.

Torre se preguntó si se la había juzgado mal.

—Estuviste casada menos de un año. Si no fue por dinero, ¿por qué te casaste con un rico deportista que, además, era el único heredero de la enorme fortuna familiar?

—Creía que lo quería. Puede ser encantador cuando quiere y... me sentía sola —la voz le tembló levemente—. Parecía buena persona.

—¿Lo era?

—No —susurró ella, casi como si le diera vergüenza.

Pero ¿por qué iban a avergonzarla los defectos de su exesposo? La ira se apoderó de Torre, una ira no contra Orla, sino contra David Keegan.

—Orla... —la agarró de los brazos cuando ella intentó pasar a su lado para dirigirse a su habitación. Ella se puso tensa, pero no se apartó—. Sabes que nunca te haría daño.

Era importante que supiera que podía confiar en él.

Ella lo miró durante unos segundos y asintió.

—Lo sé, pero estoy cansada y quiero acostarme... sola.

Él sonrió.

—Si eso es lo que deseas, puedes irte —murmuró él soltándola—. Cuando nos conocimos, hubo química entre nosotros y, ocho años después, sigue siendo explosiva. ¿Crees que podemos pasarlo por alto?

—Soy tu secretaria, temporalmente, y eso es lo único que quiero ser —susurró ella. Sin embargo, siguió sin apartarse de él.

—Tus ojos se vuelven verdes cuando mientes —dijo

él al tiempo que la acarició entre los senos por encima del vestido.

Ella se sonrojó y contuvo el aliento. Él lo entendió porque también sentía el mismo deseo incontrolable que desafiaba la razón y la lógica.

—Quieres estar debajo de mí, ¿verdad, *cara*? Deseas hacer el amor conmigo tanto como lo deseo yo.

—¡Sí, maldita sea! —afirmó ella con fiereza—. Eres como una droga que me impide pensar con claridad cuando te tengo cerca.

Torre lanzó un gemido y la abrazó. Buscó su boca y ella abrió los labios al tiempo que lanzaba un leve suspiro de capitulación y se apretaba contra él como si se hubiera dado cuenta de la inutilidad de intentar detener la ola de deseo que los anegaba y se los tragaba.

Sin separar la boca de la de ella, Torre la tomó en brazos y la llevó a su dormitorio. La dejó en el suelo y se puso detrás de ella para bajarle la cremallera del vestido y quitárselo hasta dejarla en su hermosa ropa interior de encaje negro.

Se limitó a admirar su belleza y a anticipar cómo sería cuando estuviera desnuda y retorciéndose debajo de él. La imagen le produjo una enorme excitación.

Torre reconoció, por fin, que había comparado con Orla a todas las amantes que había tenido en los ocho años anteriores. Ninguna lo había hecho temblar de deseo como ella. Pero seguía preguntándose si no sería peligrosa.

Era una hechicera y sería fácil caer bajo su encantamiento. Sin embargo, se dijo que una vez la hubiera vuelto a poseer y hubiera saciado la bestia que habitaba en su interior, su obsesión por ella comenzaría, sin duda, a disminuir y recuperaría el control de una situación en la que, francamente, nunca había esperado hallarse: ser esclavo de su deseo por una mujer.

Se desnudó rápidamente. En otro momento le hubiera gustado que fuera ella quien lo hiciera, pero no entonces, cuando se moría de ganas de estar en su interior.

Ella abrió mucho los ojos al ver su erección, gruesa, larga y dura, surgiendo de la masa de vello negro de la base. Impaciente, él le desabrochó y quitó el sujetador y le agarró los senos, con sus puntas sonrosadas enfiladas provocativamente hacia él, como si le rogaran que las tomara en la boca.

Resistió la tentación y le quitó las braguitas. Después la tomó en brazos y la depositó en la cama. Nunca había visto nada tan hermoso como su cuerpo sobre las sábanas y su cabello sobre la almohada. Tuvo que contenerse para no poseerla en aquel mismo momento.

El dulce aroma de la excitación de ella incrementó su deseo, pero cuando se situó sobre ella vio un destello de incertidumbre en sus ojos y maldijo su impaciencia.

La deseaba más de lo que había deseado a ninguna otra mujer, pero, en aquel momento, le pareció insoportablemente frágil, y lo que él quería era una compañera bien dispuesta, no un cordero a punto de ser sacrificado.

Respiró hondo y cambió de postura, arrodillándose frente a ella. Se inclinó a besarla en la boca y le abrió los labios con la lengua para explorar su dulzura interior.

Ella fue relajándose poco a poco y lo abrazó por el cuello. Su forma de acariciarle tiernamente el rostro despertó algo enterrado en él. Su deseo de ella seguía consumiéndolo, pero aquello era algo más, y no quería que el beso finalizara. Cuando, por fin, alzó la cabeza para tomar aire, la intensidad de su deseo era tal que temblaba. Nunca había sentido nada igual.

Pero se obligó a seguir esperando. Se dio cuenta de que las dos veces anteriores que habían hecho el amor había sido en los términos impuestos por él y su impaciencia. Pero, en aquella ocasión, comenzó a besarle la garganta y siguió descendiendo por los senos, cuyos pezones se endurecieron al sentir su cálido aliento. Cuando se llevó uno a la boca y lo succionó, ella ahogó un grito.

Era suya. Ese pensamiento se apoderó de él y, a pesar de que debiera haberse quedado horrorizado por el sentimiento de posesión que implicaba, le pareció bien.

Le acarició el estómago y descendió hasta los rubios rizos entre sus muslos. Ella tembló cuando le separó las piernas y deslizó un dedo en su interior y, luego, otro más al tiempo que apretaba con el pulgar su sensible carne.

—¡Oh! —ella se estremeció y alzó las caderas hacia él mientras se aferraba a la sábana.

Pero Torre no iba a detenerse ahí.

Orla gimió suavemente cuando él retiró los dedos y se puso rígida cuando él le colocó las piernas sobre sus hombros y dirigió la boca hacia su húmedo centro.

—No puedes... —susurró ella, atónita pero excitada, clavándole las uñas en la espalda.

—Agárrate fuerte, *gattina mia* —dijo él antes de

inclinar la cabeza y aspirar el dulce aroma de su sexo. Después comenzó a utilizar la lengua con efectos demoledores.

Se deleitó en sus jadeos y los roncos gemidos que emitía mientras le daba placer con la boca. Gimió cuando ella le arañó la espalda y las nalgas. Su salvaje reacción despertó en el un incontrolable deseo primitivo.

—Ahora, Torre, por favor.

Se situó sobre Orla y le enlazó sus piernas en sus hombros. Y la penetró con embestidas profundas y medidas que llevaron su autocontrol al límite. Era como estar envuelto en terciopelo.

Nunca se cansaría de ella. Esas palabras resonaron en su corazón mientras su cuerpo se elevaba aún más y los llevaba a los dos cada vez más arriba, hasta que ella comenzó a sollozar y a decir su nombre mientras los espasmos la estremecían.

Por fin obtuvo la recompensa a su paciencia. Perdió el control tras una última embestida y alcanzó un clímax tan intenso que le pareció que se rompía en pedazos.

Después, durante un buen rato, siguió tumbado sobre ella, con el cuerpo laxo y el rostro apoyado en su garganta, mientras su pulso recuperaba el ritmo normal. No quería moverse, pero debía de resultarle pesado, por lo que se separó de ella y se tumbó a su lado sosteniéndose sobre un codo.

—Bueno, *gattina*... —murmuró.

Orla le puso el dedo en la boca para hacerlo callar.

—No digas nada, porque seguro que será algo horrible, y no podría soportarlo.

Fue como si le hubiera dado un puñetazo en el estómago.

—Iba a decirte que eres perfecta —sonrió—. Y, sin duda, la ingeniera más hermosa que he conocido.

—No soy ingeniera. Ya te he dicho que no acabé la carrera.

—¿Por qué no retomas los estudios y te presentas a los exámenes finales?

—No puedo pagar las tasas universitarias. De todos modos, lo más probable es que me suspendieran —dio un profundo suspiro—. David no creía que fuera lo bastante inteligente para obtener el título.

—¿En qué se basaba para afirmarlo? —preguntó él ocultando la ira que le producía un hombre al que no conocía.

Orla no le contestó y, al mirarla, vio que se había quedado dormida con la mano bajo la mejilla. Pensó que era tan frágil y espinosa como una rosa. Y volvió a sentir aquella extraña sensación en el pecho.

Estaba excitado de nuevo, y tuvo la tentación de despertarla y volver a disfrutar de su cuerpo. Confiaba en que, cada vez que hicieran el amor, se acercaría más al punto en que se sentiría saciado, y su fascinación por ella, aquel deseo que rugía como una bestia en su interior, se apaciguaría y moriría.

Pero ella dormía tan plácidamente que no tuvo el valor de despertarla.

Fue al cuarto de baño y, mientras se duchaba, se dijo que su corazón no intervenía en modo alguno en su relación con Orla.

Capítulo 9

DIEZ DÍAS después, Orla bajó detrás de Torre del jet privado de ARC, que acababa de aterrizar en Londres. Lloviznaba y había al menos diez grados menos de temperatura que en Dubai y hacía más fresco que en Roma, donde habían acudido a una fiesta en la sede central de ARC para celebrar el centenario de la empresa.

Tanto la inauguración del Qasr Jameel en Dubai como la celebración del centenario habían atraído la atención de los medios internacionales.

Al cruzar la zona de llegadas, Orla se quedó horrorizada al ver fotos de Torre con ella en las portadas de los periódicos. En el pie de una de ellas en que aparecían bailando se leía:

El consejero delegado más sexy y su deslumbrante secretaria, ¿son la pareja más glamorosa de la industria de la construcción?

–Seguro que no hubieras bailado con tu secretario habitual –masculló ella.

–Para serte sincero, eres mucho más guapa que Renzo.

Salieron al exterior y él la condujo hasta una limusina negra, a cuyo chófer saludó con un movimiento de cabeza. Este les abrió la puerta trasera y se montaron.

—No tiene gracia —comento Orla mientras se ponía el cinturón y el coche arrancaba—. Me gusta mi trabajo, aunque sea temporal. No quiero que el personal de ARC adivine que me acuesto contigo.

Él se encogió de hombros.

—Da igual lo que piensen los demás.

—A mí no me da igual. He visto en la página web de la empresa que, dentro de dos meses, quedará vacante otro puesto de secretaria en Londres. Me gustaría presentar mi solicitud, pero, si me lo ofrecen, quiero que sea por mis méritos, no porque sepan que tengo una relación con el presidente de la empresa.

—¿Una relación? —la fría voz de Torre le produjo un escalofrío—. No sé qué crees que está pasando, pero te aseguro que no tenemos una relación.

—¿Qué es, entonces? —preguntó ella enfadada, ocultando lo dolida que se sentía—. Llevamos diez días trabajando y acostándonos juntos.

Orla pensó con tristeza que habían compartido algo más que la cama. La pasión entre ambos se había incrementado cada noche al descubrir cada uno los secretos del cuerpo del otro y aprender a proporcionarse el máximo placer mutuo.

¿Cómo se atrevía a hablarle con semejante desprecio?, pensó furiosa.

Torre no siempre se controlaba tanto. Ella sabía cómo utilizar las manos y los labios para hacerlo gemir. Esa misma mañana, cuando se habían duchado juntos en el piso de Torre en Roma, se había arrodillado ante él y le había dado placer con la boca mientras él le agarraba la cabeza y murmuraba que era una hechicera.

–Tenemos sexo –afirmó él con voz cortante, como si le hubiera leído el pensamiento–. Muy buen sexo, desde luego, pero solo eso. Dentro de seis semanas, Renzo volverá a su puesto y espero que esta inconveniente atracción sexual entre nosotros se haya apagado. Yo no tengo relaciones.

–¿Por qué? –preguntó ella sin hacer caso de su expresión, que indicaba que no quería hablar del tema–. Me pregunto si temes establecer un vínculo significativo con otra persona por haber perdido a tu madre de niño. Me dijiste que tenías seis años cuando murió. Yo tenía diez cuando perdí a mi padre. Nada te prepara para lo mucho que te duele aquí –se apretó el corazón con la mano.

Torre se puso tenso y el furioso brillo de sus ojos le avisó que no siguiera por ahí. Sin embargo, ella no hizo lo que hubiera sido razonable porque creía haber puesto el dedo en la llaga.

–¿Quién cuidó de ti después de morir tu madre? Supongo que Giuseppe estaría ocupado con la empresa, pero ¿te animó a hablar de tu madre y a llorarla?

Él lanzó un juramento.

–¿A qué viene esto? Me cuidaron niñeras hasta que Giuseppe se casó con Sandrine. No hablé de la muerte de mi madre con nadie. Entendí que a mi padre lo trastornaba, así que no hablábamos de ella. Y no me interesa en absoluto tu psicoanálisis de pacotilla.

–Dices que no tienes relaciones. Sin embargo, estuviste a punto de casarte. Jules me dijo que tu prometida decidió no hacerlo, pero que creía que seguías enamorado de Marisa.

Torre enarcó las cejas. Sus bellos rasgos tenían la fría belleza del mármol.

–Jules no sabe nada de mi vida privada. Y ya que hablamos de mi hermanastro, si esperas conseguir un empleo en la sede de ARC en Londres para ver a Jules, olvídalo. Se ha marchado a Tokio a trabajar en la sede japonesa de la empresa.

–Mi decisión de solicitar empleo en Londres no tiene nada que ver con Jules.

Orla se sintió culpable por no haber pensado en él desde su partida de Villa Romano, después de que ella hubiera rechazado su proposición matrimonial. Todos sus pensamientos y sus sueños, cuando, exhausta, se dormía después de haber hecho durante horas el amor con Torre, estaban dominados por este.

–Acabo de recibir un mensaje del director del proyecto de Harbour Side para preguntarme si podemos quedar con él mañana a las diez –dijo Torre levantando la vista del móvil–. Me interesa ver el terreno, ahora que ya casi han demolido la antigua imprenta que lo ocupaba.

Orla sabía que Harbour Side era el nuevo proyecto de la sucursal británica de ARC, en una zona venida a menos de los Docklands, en el que habría una zona residencial con casas, una escuela, un centro cívico, tiendas e instalaciones recreativas. Era exactamente el tipo de proyecto en el que le hubiera gustado participar como ingeniera.

Volvió a lamentar no haber acabado sus estudios. Le resultaba difícil aceptar que había consentido que David tuviera tanto poder sobre ella como para haber conseguido que abandonara la universidad.

¿No estaba cometiendo el mismo error con Torre?

No temía que fuera a maltratarla como David. Era un amante tierno y generoso. El problema era ella. Torre le había dejado claro que su relación era temporal, pero ella ya estaba medio enamorada.

Miró por la ventanilla mientras el coche se deslizaba entre el tráfico de Londres. Iban de camino a un lujoso hotel de Mayfair, donde Torre le había pedido que reservara una suite para dos noches, antes de volver a Italia.

Ansiaba hacer el amor con él, pero, después, se lo recriminaría a sí misma, ya que sabía que Torre se limitaba a utilizar su cuerpo para obtener placer sexual. No creía que pudiera soportarlo esa noche, cuando le parecía que sus sentimientos estaban en carne viva.

Le sonó el móvil. Al sacarlo del bolso dejó de hacerlo. Inmediatamente le llegó un mensaje de su vecina Mandy.

¿Estás libre esta noche? ¿Te apetece que vayamos a tomarnos una pizza y una botella de vino?

Hablar con su amiga y dormir sola era justo lo que necesitaba. Se volvió hacia Torre.

—Mientras estamos en Londres, querría ir a mi casa. Tengo que hacer algunas cosas y recoger el correo.

Le sorprendió que Torre no pusiera pegas. Le pareció que se sentía aliviado. ¿Se estaría cansando ya de ella? Sabía que solía ir a Londres por trabajo y era probable que tuviera otra amante allí, pensó con tristeza.

—¿Puedes pedirle al chófer que me deje en la próxima parada de metro? Lo tomaré para ir a Islington.

Él frunció el ceño.

—Creí que vivías con tu madre en Chelsea, en el ático que Giuseppe le dio como parte del acuerdo de divorcio.

—Hubo que venderlo cuando mi madre se fue a Estados Unidos.

Orla no le explicó que, después de haber pagado la hipoteca, había utilizado el resto del dinero de la venta para pagar los gastos médicos de Kimberly.

—Dale al chófer tu dirección. Te dejaremos allí antes de ir al hotel.

Veinte minutos después, la limusina se detuvo ante un edificio victoriano del norte de Londres. Orla se bajó rápidamente y el chófer le sacó la maleta del maletero. Esperaba que Torre no le pidiera que lo invitara a subir.

—Nos vemos en el terreno del Harbour Side mañana por la mañana —le dijo antes de marcharse a toda prisa.

Por fuera, el edificio parecía enorme, pero el interior había sido dividido en diez estudios. El de Orla estaba en la buhardilla, por lo cual, el espacio era aún más reducido. La puerta de entrada daba directamente a la habitación principal, que hacía las veces de cuarto de estar y dormitorio. Otra puerta conducía a la pequeña cocina y el cuarto de baño.

Dejó la maleta y el bolso en la cama y se dejó caer

en el gastado sillón. Le parecía increíble que, solo dos semanas antes, Jules la hubiera recogido y llevado al aeropuerto para ir a Nápoles. Habían pasado muchas cosas desde entonces. Le parecía que se había subido a una montaña rusa que, de repente, se había detenido y la había dejado sin aliento.

Como era de esperar, había mucha correspondencia en el buzón. Antes de abrirla, se quitó la elegante ropa que llevaba y se puso unos vaqueros, un jersey y unas deportivas. Se quitó las horquillas del moño y se soltó el cabello.

Mientras ponía agua a hervir para hacerse un té, llamaron a la puerta. Supuso que sería Mandy, que vivía en el piso de abajo, pero, al abrir, el corazón le dio un vuelco al ver a Torre.

Su cuerpo alto y musculoso ocupaba todo el umbral, pero no solo era abrumador su tamaño, sino también su hermoso rostro, con aquellos ojos grises que parecían traspasarla.

—¿Qué haces aquí? —preguntó ella con voz cortante.

No quería que viera cómo vivía, por lo que se quedó frente a él para impedirle entrar. Pero Torre la empujó y frunció el ceño al contemplar los gastados muebles y las paredes desconchadas.

—Lo mismo te pregunto yo. ¿Por qué vives en este agujero?

—Porque es lo único que puedo permitirme. El coste del alquiler en el centro de Londres es astronómico.

—Me dijiste que, al divorciarte, no habías recibido de tu exesposo todo el dinero que se rumoreaba en la prensa, pero seguro que saliste de tu matrimonio con cierta seguridad económica.

Ella negó con la cabeza.

—No quise absolutamente nada de David.

Torre se quedó atónito ante la intensidad de su negativa.

—¿No te podía haber ayudado tu madre después de que te despidieran de Mayall's? Amasó una fortuna gracias a mi padre.

Orla recogió las cartas que había en la cama. Una era una factura del especialista en infartos cerebrales del hospital de Chicago donde se hallaba su madre; otra era de un prestamista que le reclamaba la devolución del dinero que ella le había pedido prestado para pagar a algunos de los acreedores de Kimberly.

—Mi madre se gastó todo lo que le dio tu padre. Dilapidó todo el dinero en vivir a lo grande y en malas inversiones.

Torre lanzó un bufido y ella añadió en voz baja:

—Sé que desprecias a mi madre, pero Giuseppe es más astuto de lo que crees. Creo que sabía que Kimberly quería de él su dinero, pero, de todos modos, se casó con ella. Kimberly tuvo una infancia terrible. Uno de sus tíos la violó a los catorce años, por lo que huyó de su casa y acabó viviendo en la calle.

Orla se sentó en la cama antes de continuar.

—Mi madre tuvo un infarto cerebral en Estados Unidos y estuvo a punto de morir. Yo perdí el empleo porque tenía que ausentarme con frecuencia para ir a verla a Chicago, al hospital. Allí me contó lo que le había sucedido de joven.

Orla lanzó un suspiro.

–Resulta paradójico que, justo antes de caer enferma, se enamorara de un buen hombre que no era rico. Neville se casó con ella en el hospital. Mi madre tiene graves problemas de salud, pero Neville la adora. El especialista confía en que recuperará parte de la movilidad, pero el tratamiento es caro.

Torre se sentó a su lado en la cama y lanzó un profundo suspiro.

–Así que, cuando te rechazaron para el puesto de la oficina de Londres, aceptaste mi oferta de trabajo.

–Esa fue una de las razones –las palabras salieron de sus labios sin poder evitarlo y se sonrojó cuando él la miró.

–¿Cuál fue la otra? –preguntó Torre, esa vez sin sarcasmo.

Parecía enorme en aquel minúsculo apartamento. En el coche se había quitado la corbata y desabrochado el primer botón de la camisa. Orla se fijó en su piel bronceada y cubierta de vello negro. Aspiró la fragancia de su loción para después del afeitado y se dio cuenta con tristeza de que, unas semanas después, cuando ya solo le quedaran los recuerdos y él la hubiera olvidado, siempre asociaría el olor a madera de sándalo con él.

Torre le colocó un mechón de cabello detrás de la oreja y le acarició la mejilla.

–¿Y bien, *cara*?

–Ya sabes por qué –susurró ella–. Quería averiguar si... –se interrumpió y se pasó la lengua por los labios.

–Si la química seguía siendo explosiva entre nosotros –concluyó él, en su lugar. La agarró de la barbilla para levantarle el rostro hacia él–. Por esa misma razón te ofrecí un trabajo que nos obligaba a estar juntos todos los días, y esperaba que todas las noches.

Ella se encendió en el momento que los labios de Torre se posaron en los suyos. Siempre le pasaba lo mismo. Pero, esa vez, en lugar de reprocharse su debilidad, decidió saborear cada momento, consciente de que no duraría eternamente.

Él le introdujo la lengua y cayeron sobre la cama. Ella le acarició por encima de la camisa antes de desabrochársela mientras él le metía la mano por debajo del jersey y emitía un gruñido de satisfacción al comprobar que no llevaba sujetador. Orla gimió cuando él le agarró un seno y le acarició el pezón con el pulgar.

El teléfono fijo comenzó a sonar inesperadamente y, al cabo de unos segundos, saltó el contestador.

—«¿Te estás divirtiendo con tu amante, sucia zorra?» –David arrastraba las palabras, señal inequívoca de que había bebido.

Orla se puso tensa en los brazos de Torre. Sintió náuseas mientras la voz de su exesposo seguía oyéndose.

—«Pronto descubrirá que eres un desperdicio. ¿Ya ha averiguado que la forma de tenerte a raya es a bofetadas?».

La llamada se cortó, pero la risa burlona de David siguió resonando en los oídos de Orla. No se atrevía a mirar a Torre porque no podría resistir ver en sus ojos la repugnancia que indudablemente sentiría.

El teléfono volvió a sonar, aunque esa vez era su

móvil. Torre se lo sacó del bolsillo de la chaqueta y ella lo miró sin comprender.

–Te lo dejaste en el coche. Por eso he subido, para devolvértelo –dijo en tono sombrío.

Orla lo agarró justo cuando dejó de sonar y observó que tenía diez llamadas perdidas de David, así como varios mensajes, que no necesitaba leer para saber que serían tan venenosos como el que le acababa de dejar en el contestador.

El teléfono fijo volvió a sonar y Torre se levantó de un salto y agarró el auricular.

–Si intentas ponerte en contacto con Orla de nuevo, ya puedes ir rezando para que la justicia se haga cargo de ti antes de que te agarre, Keegan –dicho lo cual, colgó.

–¡Por Dios! –susurró Orla–. Eso empeorará las cosas. Ahora se habrá enfadado y no es una persona agradable cuando se enfada.

Se levantó de la cama y se llevó la mano a la ceja automáticamente. Torre se le acercó y ella se puso a la defensiva cruzándose de brazos para establecer una barrera física que lo impidiera aproximarse más.

–¿Te pegaba?

Había algo en la voz de Torre que Orla no había oído nunca: ira mal controlada, pero también compasión.

Deseó que se la tragara la tierra.

–Vete, por favor –le pidió al borde de las lágrimas.

Él no le hizo caso y le pasó el dedo suavemente por la cicatriz.

–Fue él quien te la hizo, ¿verdad? –preguntó apretando los dientes–. ¿Qué te hizo exactamente?

Torre la agarró por los hombros para impedir que se apartara de él.

Y aunque pudiera huir para ocultar su humillación, ¿adónde iba a ir?, se preguntó ella. Nunca se había sentido tan sola.

—El maltrato verbal comenzó en la luna de miel. Hasta el día de la boda, David había sido encantador, por lo que yo no sospechaba que tenía otra cara, una cara muy desagradable.

Orla lanzó un profundo suspiro.

—A las pocas semanas de habernos casado, supe que había cometido un error, pero no tenía adonde ir y nadie con quien hablar. Mi madre hacía su vida y yo no quería contar a mis amigas, que me envidiaban por haberme casado con un famoso deportista, que era un maltratador. En público, se comportaba amablemente conmigo. Tenía una doble personalidad. Todo el que lo conoce cree que es una persona maravillosa.

»Comencé a pensar que tenía razón cuando decía que yo tenía la culpa de los problemas de nuestro matrimonio. Yo intentaba complacerlo por todos los medios, pero nada de lo que hacía le parecía bien. Me daba miedo. Me había amenazado a menudo con pegarme. El día que lo hizo, yo lo había contrariado por algo, no recuerdo por qué. Pero contrariarlo no era difícil, sobre todo cuando había bebido. Intenté encerrarme en el cuarto de baño, pero él fue detrás de mí y me lo impidió.

La voz de Orla tembló al recordar la rabia asesina de los ojos de David al acercarse a ella, que supo que iba a golpearla.

Se dio cuenta de que estaba llorando cuando Torre le secó las lágrimas con la mano.

–Sigue –dijo él en voz baja.

–Esa vez me pegó –Torre le apretó los hombros pero no dijo nada–. Llevaba un gran sello de oro y ónice y me golpeó en el lado izquierdo del rostro. El anillo debía de tener un borde afilado porque me hizo un corte encima de la ceja. Con una toalla intenté cortar la hemorragia, pero no dejaba de sangrar, por lo que me fui al hospital en taxi. David había bebido y no podía conducir, aunque tampoco le hubiera pedido que me llevara. Me dieron puntos y me fui a casa de una amiga. No volví a poner los pies en la casa en la que había vivido con él.

–¿Lo denunciaste a al policía?

Ella negó con la cabeza y él frunció el ceño.

–¿Por qué no? Keegan te había atacado y, si lo hubieras denunciado...

–¿Quién me hubiera creído? David Keegan está en camino de ser un tesoro nacional. El año pasado la Reina lo condecoró por su actividad benéfica. Se le considera uno de los mejores jugadores de críquet de la historia del deporte inglés.

Orla suspiró.

–Cuando su carrera tocó fondo, me echaron la culpa a mí, la cazafortunas que se había casado con él por su dinero y le había partido el corazón. Eso era lo que dijeron de mí los medios, y todo el mundo lo creyó.

Miró a Torre, pero vio sus rasgos borrosos a causa de las lágrimas, por lo que pensó que se había imaginado el dolor reflejado en su rostro.

–Tú también pensaste lo peor de mí sin siquiera preguntarme por qué había abandonado a mi exes-poso.

Se puso rígida cuando él trató de atraerla hacia sí, al tiempo que se tragaba los sollozos.

–Nadie creería que David es un alcohólico vio-lento. Si hubiera hecho público su comportamiento me habrían acusado de ser vengativa.

–*Piccola*, ninguna mujer debiera sufrir violencia doméstica. Si hubieras acudido a la policía, habrían investigado la denuncia. También tenía que haber un informe médico de cuando fuiste al hospital a que te dieran puntos.

–Dije que me había caído. Me daba vergüenza reconocer que mi esposo, el hombre que debía que-rerme, me había pegado –ocultó el rostro entre las manos–. David me decía que merecía que me maltra-taran. Me convenció de que era una inútil y destruyó mi autoestima. Por eso no volví a la universidad.

Torre masculló algo, pero Orla lloraba a lágrima viva y no lo entendió. No sabía por qué le había con-tado los sórdidos detalles de su matrimonio y se sen-tía avergonzada.

Sin embargo, cuando trató de apartarse de él, To-rre la abrazó con cuidado, como si fuera algo deli-cado, que, por supuesto, no era. Era una supervi-viente, aunque, en aquel momento, no se sentía como tal, por lo que se apoyó en él y no reprimió el llanto.

Capítulo 10

UNA INMENSA furia se apoderó de Torre. Lo primero que se le ocurrió fue ir a buscar a David Keegan y darle un puñetazo como él había hecho con Orla. Había visto fotos suyas en la sección deportiva de los periódicos, y la idea de que el corpulento Keegan le hubiera puesto la mano encima le produjo náuseas.

Miró a Orla, una frágil rosa que su exesposo había aplastado física y mentalmente. Tenía el rostro apoyado en su camisa y su cuerpo temblaba por la fuerza de los sollozos. La estrechó en sus brazos e hizo un gran esfuerzo de voluntad para controlar la furia.

Orla no necesitaba más violencia. Además, las represalias era mejor tomarlas con gélida precisión, y Torre había decidido arruinar la carrera y la reputación de Keegan.

Llamaron a la puerta y Orla se soltó de sus brazos y lo miró aterrorizada.

–¿Sabe David dónde vives? –preguntó él mientras cruzaba la habitación en dos zancadas.

Ella asintió.

–Hace unos meses, salí con un chico al que conocí en Mayall's. No fue nada, solo fuimos a tomar algo. Pero, después de que me hubiera dejado en casa, recibí una llamada particularmente ofensiva de David en la que me dijo que no saliera con otros hombres. Sus celos obsesivos fueron una de las razones de que lo abandonara. Es probable que haya visto en el periódico una foto de nosotros en la fiesta de ARC y haya montado en cólera.

Torre abrió la puerta y vio a una mujer en el descansillo.

—Hola, ¿está Orla?

Torre volvió la cabeza y vio que Orla se secaba las lágrimas rápidamente antes de acercarse a la puerta y presentarle a la mujer.

—Esta es Mandy, mi vecina. Torre, mi jefe. ¿Te importa que dejemos la pizza para otra ocasión? Me he resfriado.

Era evidente que Orla había estado llorando y que Mandy no se había creído la mentira, pero se encogió de hombros.

—De acuerdo. Quería decirte que tu exesposo ha estado rondando por aquí. Le dije que estabas fuera y le dio un puñetazo a la pared —Mandy indicó un hueco donde faltaba un trozo de yeso.

Orla miró a Torre.

—Mandy sabe lo de David.

—Me alegro de que no estuvieras cuando vino —añadió su amiga—. Puede que el puñetazo te lo hubieras llevado tú en vez de la pared.

Después de que Mandy hubiera vuelto a su piso, Torre contempló el pálido rostro de Orla.

—Haz una maleta con lo que necesites y nos vamos al hotel. Es evidente que no puedes quedarte aquí.

Ella lo miró sin decir nada.

–Voy a llamar a un amigo que es abogado para que consiga una orden de alejamiento que evite que Keegan se te acerque. Pero antes de tomar medidas legales, creo que será necesario que denuncies el acoso de tu exesposo a la policía.

Orla se abrazó a sí misma.

–No quiero que la policía intervenga y no puedo pagar a un abogado.

–No tendrás que hacerlo, ya que yo me haré cargo de los gastos.

–¡No! No soy responsabilidad tuya. Si se dictara una orden de alejamiento, David la respetaría durante un tiempo, pero, dentro de unas semanas, cuando deje de ser tu secretaria, tendré que volver a vivir aquí.

Orla respiró hondo.

–Tú tienes tu vida en Italia y no puedes protegerme eternamente. He aprendido que la mejor manera de manejar a David es agachar la cabeza e intentar que no se enfade.

La mirada de derrota que le lanzó despertó en Torre una mezcla de compasión, necesidad de protegerla y un sentimiento de posesión que no quiso pararse a examinar.

–No puedes vivir el resto de tu vida con miedo.

–David es poderoso –susurró ella.

–No tanto como yo.

Bajo el tono suave que había utilizado él para calmarla latía una amenaza mortal.

En el coche, de camino al hotel, Torre comenzó a elaborar un plan. Compraría un piso en Londres para

Orla, con vistas al Támesis y una terraza para que pudiera sentarse en ella en verano. El edificio debía estar protegido las veinticuatro horas del día para estar seguro de que ella estuviera a salvo.

Como presidente y consejero delegado de ARC, debía trabajar en Italia, pero podía ir a Londres a pasar los fines de semana con ella. Su fascinación por Orla no menguaba. No obstante, proporcionarle un piso en Londres le permitiría conservar el control de su relación.

Si ella quería trabajar, como había dicho muchas veces, le buscaría empleo en la sede de ARC en Londres, algo que la mantuviera ocupada en su ausencia, pero que la permitiera estar disponible cuando él lo deseara.

Torre sabía que Orla era capaz de hacer mucho más que un trabajo administrativo para matar el tiempo entre las visitas de él. Llevaba diez días de secretaria suya y había demostrado poseer una excelente ética laboral y un conocimiento impresionante de la ingeniería de estructuras. Creía que, si retomaba sus estudios, no tendría problemas para licenciarse. Lo único que le faltaba era la seguridad en sí misma que su brutal exesposo le había arrebatado.

Torre se sintió culpable al recordar que Orla lo había acusado de haber dado crédito a lo que decía la prensa sensacionalista: que se había casado con Keegan por dinero. A él le había venido muy bien pensar que era una cazafortunas porque le proporcionaba una excusa para mantenerla a distancia.

Hizo una mueca de desprecio hacia sí mismo, ya que lo cierto era que no podía apartar las manos de ella. La miró, acurrucada en un extremo de la limusina, y se dijo que, desde que la había vuelto a encontrar, se hallaba en un permanente estado de excitación.

Pero esa noche, ella necesitaba ternura, así que, cuando llegaron a la suite del hotel, la tomó de la mano para conducirla al cuarto de baño. Estaba tan destrozada por las llamadas de su exesposo que se limitó a mirar a Torre cuando este abrió el grifo de la ducha.

Parpadeó como si hubiera vuelto a la realidad desde un lugar oscuro.

—¿Vas a ducharte? Me voy.

Él le quitó el jersey y le dejó los senos al aire. Deseaba acariciárselos y besárselos, pero esa noche, lo que él deseara daba igual. Lo importante era Orla.

—Eres tú la que va a ducharse, *piccola*. Y yo voy a cuidarte —sus palabras sonaron como un solemne juramento.

—No quiero que me cuides —le aseguró ella, sabiendo que no era cierto.

Su instinto le decía que, si sucumbía a la dulzura de su voz, una dulzura que era la primera vez que oía, estaría perdida para siempre.

La realidad era que ya se sentía perdida.

La llamada de David le había recordado que no podía fiarse de su capacidad de juicio. Su matrimonio había sido una experiencia aterradora y, en cierto modo, se había sentido aliviada cuando Torre le había dicho que no quería tener una relación con ella, sino solo sexo, sin vínculos emocionales.

Cuidar de ella era algo completamente distinto, aunque era una idea que la seducía peligrosamente.

Había sido muy independiente desde los diez años, tras la muerte de su padre y su ingreso en un internado, ya que al nuevo amante de Kimberly no le gustaban los niños.

—No necesito que me ayudes a ducharme.

Sin embargo, parte de ella deseaba bajar la guardia y eliminar sus reservas. Quería olvidarse del deseo de venganza de David y deleitarse haciendo el amor con Torre.

No tuvo fuerzas para seguir discutiendo con él cuando la desnudó dejándole puestas solo las braguitas. Torre, a su vez, se desvistió y ella se sonrojó al verlo desnudo. Era una obra de arte. Vio lo excitado que estaba.

Él lanzó una maldición.

—Si me miras así, no respondo —la previno, antes de tomarla en brazos y meterla en la ducha.

No consintió que hiciera nada. La enjabonó de arriba abajo, frotándole los hombros y descendiendo por sus senos y el estómago hasta los muslos.

—Creo que ya estoy limpia —afirmó ella con voz entrecortada cuando le enjabonó las nalgas y la entrepierna.

Pero él aún no había acabado. Le lavó la cabeza y se la masajeó, liberándola de toda la tensión. Después cerró el grifo y envolvió a Orla en una toalla.

Torre utilizó el secador mientras le cepillaba el cabello. Ella lo veía reflejado en el espejo. Le brillaron los ojos cuando la toalla que él se había enrollado a la cintura se le deslizó ligeramente hacia abajo.

Había supuesto que la llevaría a la cama, pero él se rio al ver su expresión de desilusión cuando le cambió la toalla por un albornoz del hotel. Después, la tomó de la mano y la condujo al comedor de la suite.

—Primero tienes que comer. Prueba la tortilla —dijo él mientras le tendía un tenedor con tortilla de queso.

—¿Vas a darme de comer? No soy una niña.

—Hazme el favor.

Ella bufó, frustrada por su autoritarismo, pero abrió la boca y tomó un poco de tortilla. Él le dio cuatro trozos más y, cuando ella le indicó que tenía bastante, le sirvió una copa de vino rosado y se la acercó a los labios para que bebiera.

Orla pensó en lo patético de la reacción de su corazón a su amabilidad. Podía volverse adicta a ser mimada.

Se dijo a sí misma que aquello no era real. Al cabo de pocas semanas, su trabajo de secretaria de Torre y la relación entre ambos acabarían. Pero era agradable creer durante un rato en la tierna promesa de sus besos mientras la llevaba en brazos a la habitación, la desnudaba y la metía en la cama.

Torre se acostó a su lado y la tomó en sus brazos, pero cuando ella deslizó la mano entre los cuerpos de ambos, él la detuvo, le agarró ambas manos y se las puso por encima de la cabeza. Ella suspiró.

—Tu exesposo no volverá a hacerte daño ni físico ni mental —dijo él con voz firme—. He hecho varias llamadas mientras has bajado a dar a tu vecina una llave del apartamento. David sabe perfectamente que, si intenta volver a ponerse en contacto contigo, la policía y la prensa sensacionalista recibirán un soplo sobre una organización de apuestas ilegales a la que pertenece.

Inclinó la cabeza y le secó una lágrima de la mejilla con sus labios.

—Se ha acabado. David forma parte del pasado y puedes mirar hacia el futuro sin miedo.

Ella se sintió muy aliviada. Aunque le resultara difícil aceptar que la pesadilla había terminado, creía a Torre. Su determinación a la hora de ayudarla la imposibilitaba para seguir mintiéndose a sí misma: lo quería. Siempre lo había querido.

¿Acaso la ternura y el cariño que él le había mostrado esa noche significaban algo? El pasado quedaba atrás y el futuro era solo una esperanza. Sería una ilusa si ponía toda su fe en él. Solo el presente era cierto. Y, en aquel momento, estaba acostada con Torre, y el brillo de los ojos masculinos la estremeció cuando él le sostuvo las manos por encima de la cabeza e inclinó la suya hacia sus senos.

Le acarició el cuerpo con la lengua con la misma minuciosidad con que la había enjabonado en la ducha. El roce de su lengua en los pezones hizo que ella se retorciera y, cuando se llevó cada uno a la boca para chuparlo, ella gimió y elevó las caderas hacia él.

Orla oyó su ronca risa al soltarle las manos. Se agarró a sus hombros y le clavó las uñas cuando él le separó los muslos.

Sentir su boca ahí, en el centro de su feminidad, la llevó al borde del abismo, y lo agarró del cabello y tiró con fuerza hasta que él alzó la cabeza.

–¿No te gusta, *gattina*? –preguntó él con arrogancia, ya que sabía que le encantaba.

–Me gusta demasiado –contestó ella entre jadeos–. Pero te quiero dentro de mí. Te necesito, Torre.

Ya era tarde cuando ella se dio cuenta de que la palabra «necesitar» la había traicionado. Una expresión indefinible brilló en los ojos de él, que se situó sobre ella y la poseyó de una fuerte embestida, seguida de otra y otra más, hasta que ella se olvidó de todo salvo de la belleza de sus cuerpos moviéndose al unísono.

No podía durar. Alcanzaron el clímax juntos y se lanzaron al estremecido éxtasis de su liberación simultánea.

Torre esperó hasta que la respiración de Orla le indicó que se había dormido para soltarla de sus brazos, de modo que la cabeza, que se apoyaba en su pecho, cayera en la almohada. La luz de la mesilla iluminó la cicatriz sobre la ceja.

Torre apretó los dientes. Unos días antes de que Orla le hablara de la brutalidad de su exesposo, él ya había comenzado a investigarlo. Mediante unas cuantas llamadas, había sido sencillo averiguar bastantes cosas y, si el asunto de las apuestas ilegales se filtraba a la prensa, se descubriría que el famoso jugador de críquet era, en realidad, un canalla.

Torre hubiera preferido que pagara por haber maltratado a Orla, pero, al menos, de esa manera le ahorraría el trauma de tener que enfrentarse con él en un tribunal.

Ella se removió y la sábana se le deslizó y le dejó al descubierto un seno. Él se excitó, como era de esperar. No entendía qué le pasaba. Era un hombre con sanos impulsos sexuales, pero aquella obsesión por Orla tenía que acabar.

Pensaba en ella continuamente, pero quería recuperar su vida, su cómoda vida que había tenido bajo control antes de que Orla irrumpiera en ella con la fuerza de un tornado.

Que él temiera tener una relación estrecha con alguien, como le había dicho ella en el coche, porque su madre había muerto cuando era un niño, eran tonterías. La muerte de su madre no lo había afectado porque la había eliminado de sus pensamientos y no había vuelto a hablar de ella, ya que hacerlo no se la iba a devolver.

Lo que había aprendido a los seis años era que la muerte no se podía controlar. Lo único que era controlable era la forma de enfrentarse a la tristeza y el dolor. De niño, había deducido que si no querías a nadie no te arriesgabas a sufrir. Pero que tuviera miedo del amor, como Orla había indicado, era ridículo.

Era cierto que se había comprometido con Marisa, a pesar de no estar enamorado. Le había parecido sensato, debido a lo costoso de un divorcio, que el matrimonio se basara más en el respeto mutuo y la igualdad de objetivos que en un sentimiento inestable como era el amor.

Torre se mesó el cabello, incómodo al pensar que había decidido casarse sin amor para protegerse de dolor asociado al mismo. No había llegado a hacerlo porque Marisa se había enamorado de él, lo que puso fin al compromiso.

Se levantó de la cama y fue al salón. Agarró la tableta y buscó pisos de lujo en el centro de Londres. Ya era hora de que recobrara el control de la situación con Orla. Renzo volvería en pocas semanas a trabajar, y Torre confiaba en que, cuando no pasara todos los días con ella, como lo estaba haciendo, el inquietante dominio que tenía sobre él desaparecería.

Le pondría un piso y le daría una de sus tarjetas de crédito para que se comprara ropa. Vestidos bonitos y ropa interior sexy para deleite de él. Era lo que había hecho con sus anteriores amantes.

Y habría normas y límites, no ese deseo permanente que lo degradaba porque era incapaz de controlarlo.

Capítulo 11

QUIERES que nos quedemos en casa a cenar o prefieres que salgamos? –preguntó Torre una noche–. Podríamos ir a Positano y cenar en un restaurante de marisco en ese puerto que tanto te gustó cuando estuvimos allí hace un par de semanas.

Orla experimentó una sensación de náusea ante la idea de comer pescado.

–Prefiero que nos quedemos. Yo cocinaré. Ya sé que no lo hago tan bien como tu ama de llaves, pero Tomas y Silvia seguirán fuera unos días más, y no podemos cenar todas las noches fuera.

–Muy bien. Si tú cocinas, yo me ocuparé de los platos. Es una justa división del trabajo.

–Llenar el lavaplatos no es un trabajo muy duro que digamos.

Torres sonrió.

–Tengo que ahorrar fuerzas para esta noche, *cara*.

Orla lo miró, sentado a su lado en el coche. Todos los días hacían un trayecto de cincuenta minutos entre Casa Elisabetta y la oficina de Nápoles, aunque, para ir a la sede central de ARC, que estaba en Roma, lo hacían en helicóptero.

Torre conducía por la carretera que iba de Nápoles a Ravello. Había levantado la capota y la brisa lo despeinaba. Como cada día después de trabajar, antes de montarse en el coche, se había quitado la chaqueta y la corbata y desabrochado los tres botones superiores de la camisa, señal que había llegado el momento de relajarse y divertirse.

Hacía un mes que habían vuelto de Londres, de visitar el proyecto de ARC en los Docklands. Desde entonces, habían estado en Francia y Hong Kong visitando otros proyectos de construcción.

Orla sentía más interés que nunca por la ingeniería y, como había recuperado la seguridad en sí misma, gracias a la confianza de Torre en su capacidad, había decidido volver a matricularse en la universidad. Estudiaría a tiempo parcial para poder buscar un trabajo de secretaria en Londres hasta que se licenciara como ingeniera.

La salud de su madre había mejorado. Se había trasladado a una casa de Chicago que su nuevo esposo había adaptado para una silla de ruedas.

No había vuelto a recibir llamada alguna de David, cuya popularidad había disminuido después de haberse estrellado con el coche cuando conducía borracho, por lo que Orla intentaba convencerse de que tendría un futuro cuando, dos semanas después, dejara de ser la secretaria de Torre.

Él no había hablado de lo que pasaría con su relación cuando Renzo volviera a trabajar. Y la verdad era que no existía tal relación, al menos como a ella le gustaría.

Hacían el amor todas las noches con ardiente pasión, pero para Torre solo se trataba de sexo. Orla sabía que no se enamoraría de ella y estaba convencida de que seguía estándolo de su antigua prometida.

Iba a echar de menos la constante compañía de Torre. Lo hacían todo juntos: comer, bañarse en la piscina después de trabajar o ver una película. Había albergado la esperanza de que tuvieran un futuro compartido, de que la forma en que le acariciaba el cabello cuando yacían abrazados después de haber hecho el amor significara que él sentía por ella algo más que mero deseo.

Sin embargo, esa mañana, mientras, como era habitual, desayunaban en la terraza leyendo la prensa, su estúpido sueño romántico se había dado de bruces con la realidad.

En un periódico aparecía la foto de una hermosa mujer, un hombre muy guapo y un bebé adorable. El pie había llamado la atención de Orla.

Marisa Cardello, la hija del conde Valetti, y su esposo Giovanni presentan a su hija Lucia.

—¡Qué niña más guapa! —exclamó ella.

Y fue entonces, cuando él había agarrado el periódico y había mirado la fotografía como si fuera un fantasma, cuando ella se dio cuenta de que era su antigua prometida, la que, según Jules, le había partido el corazón al anular su compromiso.

—Supongo que todos los críos son guapos, al menos para sus padres —dijo él devolviéndole el periódico—. Reconozco que lo único que sé de ellos es lo que me han contado amigos míos que se han visto obligados a ser padres.

Orla lo había mirado desconcertada.

—¿A qué te refieres?

–Las novias de Gennaro y Stephan se quedaron embarazadas por accidente, supuestamente. Los dos se casaron por el bien del bebé, pero no son felices en sus respectivos matrimonios. Se han visto atrapados en una situación que no deseaban.

–Concebir un niño es cosa de dos. Tal vez tus amigos hubieran debido tener más cuidado.

–O tal vez sus novias consideraran un embarazo la vía más rápida para llegar al altar –contraatacó él.

Ella negó con la cabeza.

–¿Por qué eres tan cínico?

Él se encogió de hombros.

–Soy realista. Algunas mujeres se quedarían embarazadas a propósito para obligar al padre del bebé a casarse con ellas.

Posteriormente, la conversación se había centrado en temas menos conflictivos, pero ese día, en el trabajo, Torre se había mostrado poco comunicativo.

Al cruzar la verja de Casa Elisabetta, Orla observó el moderno edificio que seguía fascinándola por su atrevido diseño.

–¿Por qué te construiste una casa tan grande solo para ti?

–No preveo vivir siempre solo –dijo él mientras se bajaba del coche.

–¿La concebiste pensando en alguien en concreto que esperabas que la compartiera contigo?

Orla sabía que la construcción de la villa había comenzado durante su compromiso con Marisa y pensó que tal vez fuera un monumento a la mujer que había querido.

Torre se detuvo frente a los escalones de entrada,

con la chaqueta colgada al hombre. Las gafas de sol le ocultaban los ojos.

–Supongo que sí. ¿Adónde vas? –preguntó al ver que se dirigía de nuevo a la verja.

–Te he dicho esta mañana que tengo cita con el médico, a ver si me explica por qué tengo náuseas después de comer. Probablemente sea una intolerancia a ciertos alimentos. Espero que no tenga que dejar de comer pasta.

–Debieras habérmelo recordado. Móntate en el coche y te llevo a Ravello.

Ella siguió andando porque no quería que Torre viera las lágrimas en sus ojos. Estaba segura que había construido aquella magnífica casa para la mujer a la que quería.

–Prefiero ir andando. Llevo una hora sentada en el coche. Y te tienen que llamar de la oficina de Shangai.

La verdad era que Orla deseaba estar a solas.

No dejaba de darle vueltas a lo sucedido en el desayuno. La reacción de Torre ante la fotografía de su antigua prometida la había llenado de desesperación y lo que le había contado sobre sus dos amigos que se habían casado, sin realmente desearlo, porque sus novias se habían quedado embarazadas, la había inquietado.

Lo días anteriores había tenido náuseas no solo después de comer, sino también al levantarse. El periodo se le había retrasado dos días. Pero y era imposible que se hubiera quedado embarazada, ya que llevaba tres años tomando la píldora.

No había podido escaparse de la oficina para ir a la farmacia por una prueba de embarazo, pero había llamado al médico para pedir cita, ya que necesitaba una nueva receta de píldoras anticonceptivas.

Ravello era una ciudad famosa y, a pesar de que el verano tocaba a su fin, sus estrechas calles estaban llenas de turistas.

Cuando Orla salió de la consulta del médico buscó un lugar tranquilo. Los jardines de Villa Cimbrone estaban abiertos al público. No había nadie en la terraza que daba a la bahía.

Pero ella no admiró la magnífica vista, ya que se hallaba en estado de shock, después de que la prueba de embarazo que le había hecho el médico hubiera resultado positiva.

Orla, presa del pánico, le había dicho que no podía estar embarazada, que no había dejado de tomar la píldora ni un solo día.

–¿Se ha sentido mal en los dos último meses? –le había preguntado el médico.

–No. Bueno, tuve dolor de estómago y vómitos, pero solo me duró dos días –había contestado ella.

–Eso puede haber disminuido la eficacia de la píldora.

El pánico de había apoderado de Orla.

Apoyada en la barandilla de la terraza de los jardines, intentó tranquilizarse, pero, lo mirara como lo mirara, aquello era un desastre. Esperaba un hijo de Torre y la conversación de aquella mañana le había indicado cómo reaccionaría a la noticia.

¿Creería que se había quedado embarazada a propósito?

Se sintió enferma al tratar de adivinar su reacción cuando le dijera que iba a ser padre. ¿Perdería los estribos, como su exesposo, cuando le dijo que se le había retrasado el periodo diez días?

Había sido en los primeros meses de casados. Aunque ella ya era consciente de la imprevisibilidad de los cambios de humor de David, aún no se había mostrado violento. Estaban de crucero por el Mediterráneo en el yate de un amigo de él, por lo que ella no había podido hacerse una prueba de embarazo y se había limitado a comentarle la posibilidad de que estuviera encinta.

El rostro de David había adquirido una expresión muy desagradable.

—¡Imbécil! Te dije cuando nos casamos que no quería hijos, que quiero seguir centrado en mi carrera. Tendrás que deshacerte de él —había dicho él con frialdad. Sus palabras hicieron que ella se diera cuenta de que ya no sentía nada por su esposo.

Por suerte, el periodo le vino ese mismo día.

Pero ahora, el embarazo estaba confirmado. Se llevó la mano al vientre intentando comprender la enormidad de lo sucedido, de lo que estaba sucediendo en su interior: una nueva vida. Un bebé al que querría y defendería con su vida si fuera necesario. El instinto maternal sustituyó al pánico.

Consideró la posibilidad de no contárselo a Torre. Si su relación iba a terminar cuando ella dejara de ser su secretaria, sería mejor no darle la noticia. No sabía cómo reaccionaría, pero le había demostrado repetidamente que no era como su exesposo.

Y el niño necesitaría a su padre, igual que ella había necesitado al suyo. Tenía que confiar en que Torre quisiera al bebé.

Mientras volvía a Casa Elisabetta, Orla ensayó la forma de decírselo, pero el corazón le latía con tanta fuerza que le sorprendido que él no lo oyera cuando lo halló en su despacho, a cuyo escritorio se estaba sentado. En cuanto la vio apagó el ordenador.

—Hola, *cara* —le sonrió mientras se acercaba a ella, que seguía en el umbral de la puerta.

Torre se apartó el cabello de la frente y el brillo de sus ojos grises casi estuvo a punto de convencerla de que no se hallaba al borde del abismo.

Casi.

—Has tardado mucho. Estaba empezando a preocuparme —murmuró mientras la besaba en la boca.

El beso dejó a Orla sin aliento y pensó que daría la vida por conservar aquel momento en la memoria para siempre.

Pero su vida ya no era suya, porque iba a tener un hijo. Pensarlo la llenó de alegría y de determinación.

Torre la miró con el ceño levemente fruncido.

—¿Ha ido todo bien en el médico?

—Sí... Bueno... No. Quiero decir que... —respiró hondo, consciente de que su futuro y, sobre todo, el futuro de su hijo dependía de ese momento y de la reacción de Torre.

—¿Orla?

—Voy a tener un hijo tuyo.

Las palabras le brotaron directamente del corazón. Con independencia de lo que dijera Torre, tenía la intención de seguir adelante con el embarazo.

Recordó cómo había reaccionado David. Y la reacción inicial de Torre, o más bien su falta, no era buena señal, pensó mientras el miedo le encogía el estómago.

Él parecía una estatua de granito. Sus ojos se habían vuelto duros y fríos como el acero. Orla pensó que la escena con David iba a repetirse, solo que, esa vez, había un bebé de verdad.

—Di algo —le pidió ella con voz ahogada.

El hombre que había sido su amante y, sí, su amigo, durante unas semanas se había convertido en un desconocido. Pero ella se había estado engañando, ya que una parte de Torre siempre se había mantenido distante. Mientras la seguía mirando de forma inescrutable, ella pensó que nunca más podría comunicarse con él.

—¿Qué quieres que diga? —preguntó él con una voz muy controlada, lo cual la intimidó más que si la hubiera gritado.

Orla sabía cómo enfrentarse a su ira, pero su aparente falta de interés en el niño que habían concebido le indicó todo lo que necesitaba saber sobre su relación, y la frágil esperanza que había albergado se marchitó y murió.

Torre no supo cómo reaccionar al darse cuenta de que, a partir de ese momento, su vida escaparía a su control y estaría a merced de emociones que no deseaba.

Lo que quería era una vida ordenada, sin sorpresas desagradables que, inevitablemente, provocaban dolor.

Recordó el dolor que había experimentado al tocar la fría mano de su madre y al saber que su *mamma* no volvería a abrazarlo ni a sonreírle.

A los seis años había comprendido que la vida es frágil y que el amor hace sufrir. Desde la infancia, se las había arreglado muy bien sin ese pernicioso sentimiento, pero, ahora, los hechos escapaban a su control.

Orla estaba embarazada.

Sintió algo parecido al pánico, aunque se negó a denominarlo así. Y se sintió furioso porque él no había pedido que sucediera nada de aquello.

Desde que ella había irrumpido en su vida, las normas a las que se atenía habían desaparecido. No sabía cómo reaccionar ante aquella noticia, y la ira era su única defensa contra los sentimientos que lo embargaban.

—Me habías dicho que tomabas la píldora.

—La estoy tomando, pero ha fallado. Tuve problemas de estómago unos días antes de ir a Amalfi, al cumpleaños de Giuseppe. Debiera haber recordado que los vómitos podían disminuir la eficacia de la píldora. Supongo que no estaba protegida cuando hicimos el... cuando tuvimos sexo la primera noche en Amalfi. La prueba demuestra que llevo seis semanas embarazada.

Orla alzó la barbilla y Torre vio resolución y desafío en sus ojos.

—Acepto la responsabilidad. He cometido un

error. Solo te lo he dicho porque creo que tienes derecho a saberlo.

Torre volvió al escritorio y se sentó en la silla. Orla le acababa de decir que le había dado la noticia de su embarazo solo porque tenía derecho a saberlo.

¿Creía que iba a abandonar a su hijo? Su deber era proporcionar seguridad económica tanto a ella como al bebé. Pero un hijo necesitaba algo más que dinero. Proporcionárselo era la parte fácil. Un hijo necesitaba amor, eso que él siempre había evitado.

Ella se situó frente al escritorio y lo miró con recelo. Torre no podía controlar la vorágine de emociones que lo dominaba, así que se centró en los detalles prácticos.

En el escritorio tenía información sobre algunos de los pisos que había buscado en Londres y se la tendió a Orla.

—Ya había decidido comprarte un piso cuando dejaras de ser mi secretaria —afirmó con frialdad—. Mira esta lista y elige el que te parezca adecuado para ti y el niño.

Orla se sonrojó, primero, pero luego se puso pálida. Torre se preguntó si se encontraría bien, si el bebé estaría sano. Ni siquiera era todavía un bebé, se dijo, sino un conjunto de células. De todos modos, le preocupaba la nueva vida que habían concebido.

—No quiero un piso de lujo —dijo ella en tono cortante—. No voy a consentir que me lo compres.

Él frunció el ceño.

—No puedes criar a un niño en el agujero en que vives.

—Me las arreglaré.

–No quiero que te las arregles. Soy rico y puedo permitirme comprarte una casa y todo lo que el niño necesite.

Ella negó con la cabeza.

–No te atrevas ni a sugerir que quiero tu dinero –estampó las manos en el escritorio con los ojos brillantes de furia–. Lo único que quiero es que me digas lo que piensas del embarazo y qué relación vas a tener con tu hijo... –la voz le tembló–... y conmigo.

Torre no supo qué contestarle. La miró y la verdad lo golpeó como un rayo. Cerró los ojos para que ella no viera lo que llevaba negándose a sí mismo tanto tiempo, lo que tenía miedo de reconocer... por cobardía

Ese pensamiento fue el peor de la maraña que tenía en su cabeza. Podía elegir entre luchar por Orla u observar cómo se marchaba y se llevaba consigo a su hijo. La primera opción conllevaba el riesgo de sufrir como lo había hecho de niño al morir su madre, ya que la vida no ofrecía garantías de nada; la segunda, dejar marchar a Orla, le resultaba intolerable.

Abrió los ojos dispuesto a abrirle su corazón.

Ya era tarde: ella se había ido.

Capítulo 12

AL SENTARSE en el autobús que iba de Ravello a Amalfi, Orla pensó que el tiempo se había detenido. Ocho años antes, cuando había huido de Torre después de que este la hubiera rechazado, se había subido a un autobús que paraba cerca de su casa. Hacía unos minutos que acababa de hacer lo mismo, después de haber salido de Casa Elisabetta con su bolso, en el que llevaba el pasaporte y la tarjeta de crédito.

Se llevó la mano al vientre para proteger instintivamente al bebé de su dolor, consecuencia inevitable de haberse relacionado con Torre.

No volvería a suceder.

Debía seguir furiosa con él para no llorar. Le hirvió la sangre al recordar su ofrecimiento de comprarle un piso en Londres, pero también le entraron ganas de llorar. Era evidente que él no tenía intención de formar parte de la vida de su hijo, más allá de proporcionarle ayuda económica.

Su orgullo la impedía aceptar nada de él. No la había acusado de quedarse embarazada a propósito, pero probablemente lo creyera, del mismo modo que había pensado que era una cazafortunas.

Se preguntó si al ofrecerse a comprarle un piso la

estaba sometiendo a prueba, lo cual aumentó sus ganas de llorar. Lo único que ella deseaba era una relación en que ambos fueran iguales, basada en el respeto, la amistad y el amor.

Al otro lado del pasillo, un niño que iba sentado con una mujer, apoyó el rostro en la ventanilla y señaló algo muy excitado. Orla oyó el motor de un coche que adelantaba al autobús y supuso que al niño le habría llamado la atención.

El autobús se detuvo en la plaza principal de Amalfi, al lado del puerto. Desde ahí, Orla sabía que debía tomar otro autobús para llegar al aeropuerto de Nápoles, donde compraría un billete de avión para Londres.

No había motivo alguno para la autocompasión, se dijo. Ya había superado muchos retos, y ser madre soltera sería uno más al que se enfrentaría porque no tenía otro remedio.

Orla comprendió la razón del interés del niño cuando vio, al otro lado de la plaza, un deportivo rojo, alrededor del cual se había formado un corro de admiradores. El corazón le dio un vuelco al ver a Torre apoyado en el coche. Parecía tranquilo, como si no acabara de saber que iba a ser padre, tal vez porque no le importaba, pensó ella con amargura.

Pero, entonces, ¿por qué la había seguido?

El pulso se le aceleró cuando vio que la miraba fijamente. Tenía que pasar por delante de él para ir a la taquilla. Al llegar a su altura no lo miró.

–Orla –dijo él con voz profunda–. *Piccola*.

Ella se volvió hacia él.

–¡No me llames *piccola*! No sé qué haces aquí. Te

he contado lo del bebé y me has dejado muy claro que no te interesa. No tengo nada más que decirte.

—Pero yo sí tengo algo que decirte.

—No quiero oírlo. Será otra horrible acusación —dijo ella con voz, a su pesar, temblorosa.

Él le puso la mano en el brazo.

—No voy a acusarte de nada —le aseguró él en voz baja—. Creí que habíamos superado los errores que cometí en el pasado y que confiabas en mí.

La idea de que pareciera dolido le resultó ridícula a Orla.

—Que conste que no he dicho que no me interese nuestro hijo —cerró la mano en torno a su brazo y ella intentó soltarse.

Sin embargo, había dicho «nuestro hijo», y el hielo de su corazón comenzó a derretirse.

La gente en torno al coche los miraba con curiosidad.

—Orla —la desesperación de su voz la sobresaltó—. Vuelve a casa conmigo, por favor. Soy plenamente consciente de que no he reaccionado como debiera cuando me has dicho que estabas embarazada.

«A casa...»

Pero Torre había construido Casa Elisabetta para la mujer a la que amaba, no para ella.

—Supongo que debiera estarte agradecida por haberme ofrecido apoyo económico, pero no te preocupes porque me las arreglaré.

Orla no había pensado aún cómo iba a trabajar y a criar a un niño sola, pero muchas mujeres lo hacían.

Él maldijo en voz baja.

—Sé que debiera arrastrarme de rodillas ante ti

antes de que siquiera te plantees perdonarme por la forma grosera en que me he comportado –la contempló fijamente y su mirada no era cínica ni burlona–. Estoy dispuesto a arrodillarme aquí, ante esta gente si es necesario, para que me escuches.

Ella lo miró impotente y deseó no quererlo. Se merecía que lo dejara allí y que no le consintiera acercarse a su hijo, pero, desde luego, no iba a hacerlo. El niño necesitaba a su padre.

Se encogió levemente de hombros, rodeó el coche y se sentó en el asiento del copiloto. Unos segundos después se dirigían de nuevo a Ravello. Ninguno dijo nada y, cuando entraron en Casa Elisabetta y fueron al salón, Orla estaba al borde de un ataque de nervios. Se sentó en el sofá mientras él se acercaba a la ventana.

–Tenías razón al decirme que la muerte de mi madre me había traumatizado –dijo Torre con brusquedad–. Me llevaron a verla a la capilla antes de enterrarla

Torre lanzó una carcajada siniestra.

–Para serte sincero, estaba aterrorizado. Mi madre estaba fría y tenía un color ceniciento. Incluso a los seis años, entendí que la muerte era definitiva. Poco después fui testigo de la muerte de mi perro, atropellado por un coche.

Se encogió de hombros.

–Mi padre dijo que solo era un perro y que compraríamos otro, pero yo no entendí el sentido de volver a querer a otra persona o a otro animal si corría el riesgo de perderlos.

Se volvió a mirarla. Sus expresión no revelaba emoción alguna, como tampoco su voz.

–La lección que aprendí en la infancia no la olvidé al llegar a la edad adulta. Tal vez si hubiera tenido la oportunidad de hablar de mi madre y de haberla llorado como debía... No sé... Tal vez fuera una persona distinta.

Orla asintió.

–Después de la muerte de mi padre, seguí yendo a Irlanda, en verano, a casa de mi abuela, que me hablaba de la infancia de mi padre y de que era un poeta y un soñador. Mi padre me escribió algunos poemas que, cuando los leo, hacen que me sienta cerca de él.

Orla titubeó unos instantes.

–Entiendo que la muerte de tu madre te hiciera desconfiar a la hora de establecer vínculos afectivos, pero te comprometiste con Marisa Valetti, a la que supongo que querías. Debiste sentirlo mucho cuando ella rompió vuestro compromiso.

–No fue Marisa, fui yo. No estaba enamorado de ella, pero me gustaba y la unión de nuestras familias suponía ventajas económicas.

–Entonces, ¿por qué parecías estar destrozado esta mañana, cuando viste su foto con su esposo y su hijo?

–No estaba destrozado, sino que he sentido una mezcla de alivio y culpa porque Marisa haya encontrado la felicidad que merece. Rompí con ella al darme cuenta de que se había enamorado de mí, ya que sabía que no sería capaz de corresponderla. Por tanto, lo justo era romper el compromiso para que ella conociera a otro que la quisiera.

Orla lo miró fijamente.

–Creía que habías construido esta casa para ella.

Me dijiste que habías supuesto que vivirías aquí con alguien, y supuse que te referías a Marisa. Entonces, ¿con quién te habías imaginado que compartirías esta casa y la vida? Es evidente que dedicaste mucha atención a cada detalle del diseño y la construcción. En una expresión visual de amor.

Torre no contestó y Orla se alegró, ya que no soportaría oír el nombre de la mujer a la que amaba.

Pensó que aquello era un desastre: ella quería a Torre, pero el corazón de este pertenecía a otra mujer y, para complicar aún más las cosas, iban a tener un hijo.

–Construí la casa para ti.

Ella alzó bruscamente la cabeza con la certeza de que no le había oído bien. No podía ser cierto, a pesar de que el corazón le latía con tanta fuerza que apenas podía respirar.

–Ya basta de jueguecitos, Torre. Si crees que halagándome vas a poder ver al niño, no tienes que preocuparte, ya que no voy a impedir que lo hagas. ¿Cómo vas a haber construido esta casa para mí si me desprecias?

Él se sobresaltó como si le hubiera dado una bofetada. Se acercó a ella. La tomó de los antebrazos y la levantó del sofá.

–Nunca te he depreciado. No llores, *piccola* –dijo con voz ronca mientras le secaba las lágrimas con los pulgares–. No sabes cuánto siento la reacción que he tenido cuando me has dicho lo del bebé. Me he... –tragó saliva.

Orla se asustó al ver que las lágrimas brillaban en sus ojos.

–¿Torre?

–Me he asustado –afirmó él apretando los dientes–. Estoy asustado. He sido un cobarde, Orla. No quería enamorarme. Mi padre se quedó consternado al morir mi madre. Años después, noté lo que Giuseppe sentía por tu madre y pensé que era un estúpido. Pero, entonces, te vi y todas las defensas que me había construido desde los seis años se vinieron abajo. Nunca había deseado a nadie como a ti. Cuando descubrí que eras virgen, me pareció cosa del destino. El destino te había hecho mía.

Suspiró profundamente.

–Cuando me enteré de quién eras, tuve la excusa perfecta para decirme que eras igual que tu madre. Pero, por mucho que lo intenté, no pude olvidarte. Y un día, mientras me hallaba en el terreno de la vieja granja, ya demolida, imaginé la casa que quería construir.

La tomó de la barbilla para que lo mirara.

–Nos vi a nosotros y a nuestros hijos, y supe que la única persona con la que quería compartir esta casa y la vida eras tú.

Ella negó con la cabeza. Tenía que tratarse de una broma cruel.

–¿Cómo me dices eso cuando pensabas tenerme como amante en un piso de Londres, antes de saber que estaba embarazada? Dejarás de desearme dentro de unos meses, cuando el embarazo haya avanzado y esté gorda y fea.

–Siempre te desearé –afirmó él con una voz tan solmene que Orla se quedó sin respiración.

Torre deslizó las manos desde sus brazos a la cintura.

—Siempre serás hermosa, *cara mia*, pero nunca tanto como cuando nuestro hijo esté creciendo en tu interior.

Le acarició levemente la mejilla con los dedos.

—Antes de saber que estabas embarazada, había decidido dejar de trabajar durante un año en Italia y venir a hacerlo a Londres, en parte para controlar el proyecto de los Docklands, pero, sobre todo, porque sabía que pensabas volver a la universidad para acabar tus estudios. Había planeado alquilar un piso para los dos. A propósito, no hay motivo alguno para que no puedas estudiar mientras estás embarazada.

Le colocó un mechón de cabello detrás de la oreja con mano temblorosa.

—Te quiero, Orla, lo cual me aterroriza porque no sé cómo sobreviviré si te pierdo. Sin embargo, no puedo seguir luchando contra mis sentimientos. Creía que si nunca amaba no sufriría, pero estoy tan enamorado de ti que me destroza no saber si he arruinado todas las posibilidades que podía haber tenido contigo. Lo cierto es que no debiera haberte dejado marchar hace ocho años.

—Torre —susurró ella.

Su incredulidad se había transformado en júbilo. Entre lágrimas vio que él también lloraba y lo abrazó fuertemente por la cintura.

—Te quiero con toda mi alma. Siempre te he querido y siempre te querré.

Él la estrechó en sus brazos y ocultó el rostro en su cuello. Ella sintió la humedad de sus lágrimas en la piel. Eran las de un niño que nunca había llorado.

Después, él la besó, lentamente al principio, apasionadamente después, mientras ella apretaba su cuerpo contra el suyo.

–*Ti amo*, Orla. ¿Quieres casarte conmigo y dejar que os cuide a ti y al bebé, y a los niños que espero que tengamos?

–Sí –afirmó ella con los ojos llenos de amor y sin un atisbo de duda en la voz, ya que sabía que se pertenecían el uno al otro.

–Te quiero –susurró Torre junto a sus labios, antes de volver a besarla–. Nunca se lo había dicho a nadie –reconoció cuando la tomó en brazos y la llevó al dormitorio.

La desvistió y él hizo lo mismo. Se tumbó a su lado y le apartó el cabello del rostro. Orla contuvo la respiración cuando él le acarició los senos.

–Te quiero –repitió él–. Voy a decirte todos los días cuánto te adoro –le prometió–. Antes, cuando te marchaste, creí haberte perdido par siempre.

Orla le tomó el rostro entre las manos.

–No podías perderme porque soy tuya y eres mío.

Y Torre se dio cuenta de que era así de sencillo.

Se situó encima de ella y sus cuerpos se unieron con la misma pasión de siempre, pero también con ternura, con un amor que duraría toda la vida.

Eran dos corazones unidos para siempre.

Se casaron un mes después en la hermosa catedral de Ravello, acompañados de parientes y amigos. Al salir de la ceremonia, la gente del pueblo los esperaba en la plaza para desearles lo mejor.

A Torre le pareció que el corazón le iba a estallar al ver a Orla recorrer la nave de la catedral hacia él, con un vestido blanco de seda y encaje, el cabello suelto, un ramo de rosas blancas y, como única joya, aparte del anillo de diamantes que él le había regalado, el colgante de su padre.

Catorce meses después, Torre volvió a sentir que el corazón se le henchía de orgullo y amor al contemplar que su esposa subía al escenario, en la ceremonia de graduación de la universidad, para recibir su licenciatura.

—¿Ves a tu *mamma*? —murmuró a su hijo señalando a Orla.

Luca, de seis meses, sonrió mostrando su primer diente. Torre le besó los negros rizos. Todos los días daba gracias por los dos milagros que le habían ocurrido en la vida.

Una semana después, de vuelta en Casa Elisabetta, Torre preguntó a Orla:

—¿Has decidido si quieres trabajar de ingeniera en ARC o si prefieres esperar a que Luca sea un poco mayor para centrarte en tu profesión?

—Mi profesión tendrá que esperar algo más —Orla lo abrazó—. Cuando construiste esta casa y nos imaginabas viviendo aquí con nuestros hijos, ¿a cuántos te imaginabas?

Él se retiró un poco y la miró desconcertado.

—No sé. Cinco o seis —se echó a reír al ver la expresión de sobresalto de ella—. No veía un número concreto. Solo tenía ojos para ti.

–Bueno, no sé si seis, pero el segundo va a llegar antes de lo previsto.

Torre contuvo su inmensa alegría y la miró a los ojos.

–¿Y qué te parece tener otro hijo? Sé que habíamos hablado de darle a Luca un hermano, pero has estudiado mucho para tu licenciatura e íbamos a esperar al menos un año, para que tuvieras tiempo de disfrutar de tu trabajo.

–Estoy encantada de volver a estar embarazada. Querré a nuestro nuevo hijo con todo mi corazón, como a Luca, y, cuando llegue el momento estaré encantada de trabajar de ingeniera. Pero, sobre todo, te quiero a ti, Torre.

Él tragó saliva y no se avergonzó de que los ojos se le llenaran de lágrimas.

–Yo también te quiero –dijo en voz baja–. Siempre te querré.

Bianca

Exigiendo venganza… en el dormitorio

EL LEGADO DE UNA VENGANZA

CATHY WILLIAMS

Sophie Watts se sintió mortificada cuando chocó contra el lujoso deportivo del multimillonario Matías Rivero, pero eso no fue lo peor. Lo peor fue su propuesta de que pagase la reparación del coche convirtiéndose en su chef personal durante una fiesta de fin de semana en su lujosa mansión.

Tener a Sophie a su entera disposición era una oportunidad de oro para Matías. Estaba dispuesto a descubrir todo lo que necesitaba saber sobre su padre, el hombre que había arruinado a su familia. La seduciría para sonsacarle la verdad y de ese modo podría vengarse. Sin embargo, Matías no había contado con que una noche de pasión tuviese una consecuencia inesperada…

Un testamento que iba a traer
una herencia inesperada...

SEIS MESES PARA ENAMORARTE
KAT CANTRELL

Para ganarse su herencia, Valentino LeBlanc tenía que intercambiar su puesto con el de su hermano gemelo durante seis meses y aumentar los beneficios anuales de la compañía familiar en mil millones de dólares, pues así lo había estipulado su padre en su testamento. Sin embargo, para hacerlo, Val necesitaría a su lado a Sabrina Corbin, la hermosa ex de su hermano, que era, además, una *coach* extraordinaria. La química entre ambos era explosiva e innegable... y pronto un embarazo inesperado complicaría más las cosas.

UNIDOS POR LA PASIÓN

CAITLIN CREWS

El multimillonario Leonidas Betancur, al que se daba por muerto tras un trágico accidente, no recordaba los votos que hizo cuatro años atrás. Pero cuando su esposa consiguió dar con él tras mucho buscarlo, reaparecieron fragmentos de su memoria. ¡En su momento se habían quedado sin noche de bodas por él y ahora estaba preparado para celebrarla!

Susannah quería que Leonidas reclamara su imperio para así poder ser libre. Pero tras una sola caricia, ella le entregó su inocencia… y las consecuencias de su pasión les unirían para siempre.